Daniel Pennac

Le roman d'Ernest et Célestine

Gallimard Jeunesse / Casterman

Remerciements

Merci à Minne et à son Basile, sans qui je n'aurais jamais su pourquoi la petite souris passe prendre les dents de lait sous les oreillers des enfants.

(Minne, *Cinq Histoires de Basile*, Les 400 coups, 2009).

Pour Emeline,
Marie-Astrid
et Benoît Attout.
En souvenir de Gabrielle Vincent,
mon amie d'encre, d'aquarelle et de papier.

1

Les présentations

(Quand on arrive, on se présente.)

CÉLESTINE : Bonjour. Moi, c'est Célestine. Je suis une souris. Une « petite souris », comme ils disent. Vous avez remarqué qu'ils disent toujours une « petite souris » ? Quand ils n'ont pas peur bien sûr. Quand ils ont peur, ils te montrent du doigt en hurlant : « UNE SOURIS ! UNE SOURIS ! » Ils crient aussi fort que s'ils voyaient un ours dans leur salle de bains. Et ils te courent après avec un balai. Enfin, les plus courageux... Les autres sautent sur une chaise en continuant à crier : « UNE SOURIS ! UNE SOURIS ! »

Mais quand ils n'ont pas peur, quand ils parlent de toi sans te voir, ils disent toujours « une petite souris ». Surtout quand ils racontent une histoire : « Il était une fois une petite souris... » C'est idiot, parce que les souris, c'est comme tout le monde : il y en a des petites, il y en a des grandes, il y en a des moyennes ; une souris, ça commence tout bébé, ça grandit, et ça peut finir très très vieux, sans une seule dent et avec des rhumatismes partout. Donc, moi, c'est Célestine, une souris comme tout le monde.

ERNEST : Bonjour. Moi c'est Ernest. Je suis un ours. Un « gros ours », comme ils disent. Vous avez remarqué qu'ils disent toujours un « gros ours » ? Quand ils n'ont pas peur, bien sûr. Quand ils ont peur, s'ils te rencontrent dans la forêt, par exemple, ils te montrent du doigt en criant : « UN OURS. UN OURS ! », aussi fort que s'ils voyaient une armée de souris dans leur cuisine. Et ils s'enfuient en courant. Enfin, les moins méchants. Parce que les autres, ils te tirent dessus à coups de fusil. Parfaitement, à coups de fusil !

Mais quand ils parlent de toi sans te voir, ils disent toujours un « gros ours ». Surtout quand ils racontent une histoire : « Il était une fois un gros ours… » C'est idiot, parce que les ours c'est comme tout le monde : il y en a des gros, il y en a des maigres, et des ni gros ni maigres. Moi, je suis un ours ni gros ni maigre. Enfin, un peu trop maigre à la fin de l'hiver (rien mangé), et un peu trop gros à la fin de l'été (trop mangé). Ah ! Je ne suis pas un nounours, non plus, je ne suis pas en peluche. Non, moi c'est Ernest, un ours comme tout le monde.

L'AUTEUR : Bonjour. Moi, je suis l'auteur. Celui qui raconte l'histoire. Je vais vous raconter l'histoire d'Ernest et Célestine. Ernest et Célestine sont les plus grands amis du monde mais ils ne sont presque jamais d'accord. S'ils racontaient l'histoire eux-mêmes on n'y comprendrait rien. Vous voulez voir ? Il suffit de leur poser cette question : Ernest, Célestine, comment vous êtes-vous rencontrés ?

CÉLESTINE : Dans une poubelle.

ERNEST : C'est vrai !

CÉLESTINE : J'étais enfermée dans cette poubelle, c'était le matin, Ernest a soulevé le couvercle, il m'a vue, et il a voulu me manger.

ERNEST : C'est pas vrai !

CÉLESTINE : Tu n'as pas voulu me manger ?

ERNEST : J'ai fait *semblant* de te manger. C'était pour rire !

CÉLESTINE : Semblant ? Tu parles ! C'était pour de vrai ! Si je ne t'avais pas raisonné, tu m'aurais avalée toute crue !

ERNEST : Jamais de la vie ! Un ours ça ne mange pas les souris !

CÉLESTINE : Un ours, quand ça a faim, ça mange n'importe quoi !

ERNEST : Je n'ai jamais mangé une souris de ma

vie, Célestine ! Ce n'est pas par toi que j'aurais commencé !

CÉLESTINE : Ce matin-là, tu avais tellement faim que tu aurais avalé n'importe quelle souris !

ERNEST : Certainement pas !

L'AUTEUR : Vous voyez, il vaut mieux que ce soit moi qui raconte, sinon on ne s'en sortira jamais.

2
Le monde d'en haut et le monde d'en bas
(Des ours et des souris.)

Au début de l'histoire, Ernest et Célestine ne se connaissaient pas. C'est normal, Célestine vivait dans le monde d'en bas, avec les autres souris, et Ernest vivait dans le monde d'en haut, avec les autres ours. Le monde des souris en bas, le monde des ours en haut, c'est comme ça depuis toujours, ils ne se fréquentent pas.

Mais, toutes les nuits depuis toujours, les souris mettent leur sac à dos pour aller faire leurs courses dans le monde d'en haut. En se cachant, bien sûr, et en faisant le moins de bruit possible. Parce que, si un ours voit une souris chez lui… Oh ! là, là ! si un ours voit une souris chez lui, c'est terrible !

Les souris qui portent des sacs à dos verts rapportent des bouts de pain, des petits pois, des coquillettes, des bonbons, des noisettes, des morceaux de sucre, des grains de raisin, des cubes de fromage, des cerises (quand c'est la saison), bref, tout ce qu'il faut pour nourrir le monde d'en bas.

Les souris qui portent des sacs à dos rouges rapportent des petits morceaux de tissu, des boutons de culotte, des fermetures Éclair, des épingles à cheveux, des lacets, du fil à coudre, de la laine, bref, tout ce qu'il faut pour habiller le monde d'en bas.

Les souris qui portent des sacs à dos gris rapportent des clous, des vis, des épingles, des punaises, du fil électrique, du papier collant, des puces électroniques, bref, tout ce qu'il faut pour réparer le monde d'en bas.

Les souris qui portent des sacs à dos blancs...

***

CÉLESTINE : Arrête, l'Auteur ! ARRRRRÊÊÊÊTE ! Tu n'as pas le droit de dire ce qu'il y a dans les sacs à dos blancs ! C'est un secret ! Il n'y a qu'une souris qui puisse dire ce qu'on ramène dans le sac à dos blanc ! Et encore, une souris qui en porte un !

L'AUTEUR : Comme toi, au début de l'histoire, Célestine ?

CÉLESTINE : Exactement !

L'AUTEUR : Alors dis-le ! Qu'est-ce que tu rapportais dans ton sac à dos blanc ?

CÉLESTINE : Pas tout de suite ! Il faut d'abord raconter comment tout commença.

L'AUTEUR : Commentoucommença ?

CÉLESTINE : Comment l'histoire a commencé ! Le début, si tu préfères.

3

Comment tout commença

(Il faut bien que ça finisse par commencer.)

Tout a commencé quand le petit Léon a perdu sa première dent. Qui est le petit Léon ? Le petit Léon est l'ourson grognon de Georges et de Lucienne. Qui sont Georges et Lucienne ? Le papa et la maman du petit Léon, pardi ! Georges est un grand ours brun et Lucienne une toute ronde ourse blonde. Georges, vous le connaissez, d'ailleurs, c'est le confiseur, juste à côté de l'école, celui qui vous vend des sucreries à la récré. Lucienne, vous la connaîtrez plus tard, quand vous serez grands, elle fabrique des dents toutes neuves, sur le trottoir d'en face, pour remplacer les dents gâtées par les sucreries de Georges.

Cette nuit-là, donc, Célestine (avec son sac à dos blanc) pénétra chez Georges, Lucienne et Léon. Elle se glissa dans la chambre du petit Léon, se cacha dans une pantoufle, et se mit à dessiner.

(Ah ! J'ai oublié de dire que Célestine adore dessiner. Ce qu'elle fait de la main gauche, car elle est gauchère. Depuis toute petite, elle dessine tout ce qu'elle voit et tout ce qu'elle imagine. C'est sa passion. Dessiner et peindre, elle n'aime que ça, elle ne pense qu'à ça, elle ne fait que ça, elle ne vit que pour ça, et c'est même à cause de ça que tout a commencé.)

Célestine dessinait Georges et Lucienne en train d'admirer la petite dent que Léon venait de perdre.

– Regarde, disait Georges à Lucienne, Léon a perdu sa première dent !

– Une vraie perle ! s'exclama Lucienne.

– Et pas une trace de sucre ! fit remarquer Georges.

– N'empeffe que ve fuis affreux fans ma dent, grogna Léon dans fon lit. (Pardon, dans son lit.)

– Ne pleure pas, mon chéri, la Petite Souris va passer ! dit Lucienne.

– Quelle petite fouris ? demanda Léon.

– La Petite Souris des contes, expliqua Lucienne.

– Vamais entendu parler.

– Parce que tu n'as encore jamais perdu de dent !

– Quel rapport ? demanda Léon.

– Un rapport ÉCONOMIQUE, s'exclama Georges. Ta première grosse affaire, mon ourson !

– Je vais mettre ta dent sous ton oreiller, expliqua Lucienne en souriant, et pendant ton sommeil la Petite Souris va la remplacer par une pièce de monnaie !

– De combien, la pièfe ? demanda Léon.

– Un euro, suggéra Lucienne.

– Deux, négocia Léon.

– D'accord, accepta Georges.

– De toute fafon, f'est n'importe quoi, conclut Léon, les petites fouris de conte, fa n'egviste pas !

Là, Célestine éclata de rire. Un fou rire qui la secoua tout entière. Au point qu'elle lâcha son crayon.

Tic ! fit le crayon en tombant sur le plancher.

– Qu'est-ce que c'est que ce bruit ? demanda Georges en dressant l'oreille.

Zut ! se dit Célestine. Elle se cacha au fond de la pantoufle et attendit un peu, osant à peine respirer. Dès qu'elle sentit que le danger était passé, elle sortit très prudemment de la pantoufle pour récupérer son crayon.

– UNE SOURIIIIIIIS ! hurla Lucienne.

– OÙ ÇA ? hurla Georges, en se jetant sur un balai.

– Làààààààà ! hurla Lucienne.

Splatch ! fit le balai en s'abattant sur Célestine.

Elle eut juste le temps de faire un saut de côté. *Splatch ! Splatch ! Splatch !* refit le balai. Raté ! Raté ! Encore raté ! Célestine plongea dans la pantoufle et ramassa son sac à dos blanc.

– OÙ ELLE EST ? OÙ ELLE EST ? demanda Georges.

– DANS LA PANTOUFLE ! hurla Lucienne.

Le balai écrasa la pantoufle, mais Célestine était déjà cachée derrière la lampe. La lampe explosa mais Célestine avait déjà filé sous la commode. La commode fut écrabouillée mais Célestine s'était sauvée par une porte ouverte.

– DANS NOTRE CHAMBRE ! ELLE EST ENTRÉE DANS NOTRE CHAMBRE ! hurla Lucienne perchée sur une chaise.

La chambre, le salon, la salle à manger, Georges et son balai détruisirent toute la maison. Tout joyeux le petit Léon sautait à pieds joints sur son lit :

– ENCORE ! cria-t-il. ENCORE BOUVILLER LA MAIVON !

– DANS LA CUISINE, hurla Lucienne. ELLE EST DANS LA CUUISIIIIIINE !

Et c'était vrai. Célestine avait surgi dans la cuisine. Mais Georges était derrière elle. Alors, Célestine sauta par la fenêtre tout simplement. Elle sauta sans réfléchir, en fermant les yeux, et elle tomba dans une poubelle ouverte.

Où elle se recroquevilla, le cœur battant, parce que Georges était aussitôt apparu sur le seuil de la maison. Avec un fusil, dites donc !

– OÙ ES-TU ? hurla Georges ! OÙ ES-TU QUE JE TE RÈGLE TON COMPTE !

– SILENCE ! cria un voisin par sa fenêtre.

– LA FERME ! cria un deuxième voisin.

– ON REGARDE LA TÉLÉ ! cria un troisième voisin.

– Oùéééétuuuuuuuuu ? murmura Georges d'une voix chantonnante, en marchant sur la pointe des pieds autour de la poubelle, son fusil à la main. Oùéééétuuuuuuuuu ? Pas la peine de te caaaaaaacher, maudite petite souris, je vais te trouououououver. Et quand je t'aurai trouvée, alors là, quand je t'aurai trouvéééééééée…

Célestine avait si peur qu'elle n'osa pas sortir de la poubelle…

***

CÉLESTINE : C'est vrai, tu racontes bien, l'Auteur. J'avais tellement peur, mon cœur battait si fort que je n'ai pas eu le courage de sortir de la poubelle. C'était bête, parce que bientôt Georges l'a remplie cette poubelle ! Avec tout ce qu'il avait cassé dans la maison. Les sacs sont tombés sur les sacs. J'ai failli être écrasée ! Et la dernière chose qu'il a jetée dans la poubelle, tu sais ce que c'était, l'Auteur ?

L'AUTEUR : Non.

CÉLESTINE : C'était la petite dent du petit Léon !

L'AUTEUR : Ah ! bon ?

CÉLESTINE : Oui, c'est elle que j'étais venue chercher ! C'est à ça que servent les sacs à dos blancs ! À récupérer les dents de lait des petits oursons !

L'AUTEUR : Ah bon ! Tiens, tiens. Et ensuite ?

CÉLESTINE : Ensuite ? J'ai vite rangé la petite dent dans mon sac à dos blanc, Georges a fermé le couvercle de la poubelle et je me suis retrouvée dans le noir.

4

Dans le noir de Célestine
(L'histoire du Grand Méchant Ours.)

Dans le noir de Célestine vinrent les méchants souvenirs. Des souvenirs de quand elle était toute petite et qu'elle grandissait à l'orphelinat. (L'orphelinat c'est l'endroit où grandissent les souris qui n'ont plus de parents. Elles sont nombreuses. À cause des tapettes à souris.) Célestine avait essayé de repousser les souvenirs mais ils étaient plus forts qu'elle. Ils avaient envahi la nuit de la poubelle. Le souvenir de la Grise était venu le premier ! Le pire de tous ! La Grise était la surveillante en chef de l'orphelinat. Une grande et vieille et plutôt méchante souris grise. Avec une seule incisive. La Grise faisait très peur à Célestine. Tous les soirs, au dortoir, elle racontait la même histoire. Elle faisait semblant de chercher… « Voyons, qu'est-ce que je vais vous raconter, ce soir, mes petites ? »… Mais elle racontait toujours la même histoire : l'histoire du Grand Méchant

Ours. C'était l'histoire d'une petite souris qui ne croyait pas au Grand Méchant Ours et qui avait tort de ne pas croire au Grand Méchant Ours car elle finissait par se faire manger toute vivante par le Grand Méchant Ours ! Ici la Grise souriait méchamment :

– Ses frères, ses sœurs, ses cousins, ses cousines, ses copains, ses copines, tout le monde lui avait dit : « Méfie-toi du Grand Méchant Ours ! » Mais elle n'écoutait personne, elle faisait la maligne ! Résultat... Crac ! Mangée par le Grand Méchant Ours.

Quand la Grise racontait cette histoire, son ombre immense planait comme un oiseau de proie sur les petits lits des souriceaux.

– Le Grand Méchant Ours marche au-dessus de nos têtes, hululait la Grise.

Tous les souriceaux regardaient le plafond en tremblant. Il leur semblait entendre les pas du Grand Méchant Ours.

– Et quand il a faim, demandait la Grise, qu'est-ce qu'il mange, le Grand Méchant Ours ?

– Il mange n'importe quoi, répondaient les souriceaux qui connaissaient l'histoire par cœur.

– Absolument n'importe quoi ! répétait la Grise en levant un doigt menaçant : du miel, des poissons, des carottes, des poupées, des chaussures, des antennes de télévision, du chocolat, des mottes de beurre, des pneus de vélo, des boîtes à clous, des endives, de la guimauve, des portables, absolument n'importe quoi ! Mais, dans tout le n'importe quoi du monde, qu'est-ce que le Grand Méchant Ours préfère manger ?

– Une petite souris ? demandait une voix tremblante.

– UNE petite souris ? ricanait la Grise, DIX ! VINGT ! MILLE petites souris ! Il les mange en sandwichs, en brochettes, en pâté, en barquettes, à la poêle, au four, en papillote, à la marmite, au court-bouillon, et même toutes crues !

– Toutes crues ? ne pouvait s'empêcher de répéter Célestine en se recroquevillant dans son lit.

– Toutes crues et toutes vivantes, avec leurs chaussures et leur sac à dos !

La Grise, maintenant, sifflait comme un serpent.

« C'est pas vrai ! C'est pas vrai ! se répétait Célestine, la Grise dit ça, rien que pour nous faire peur ! Le Grand Méchant Ours n'existe pas. »

Mais Célestine y croyait tout de même un peu, parce qu'elle était petite à l'époque et que les petits croient beaucoup de choses sans y croire vraiment tout en voulant y croire.

Maintenant, dans la nuit de la poubelle, Célestine n'y croyait plus du tout. Elle était grande. Elle savait que les ours sont comme tout le monde, qu'il y en a des méchants, des gentils, des ni méchants ni gentils, mais elle était sûre d'une chose : le Grand Méchant Ours n'existe pas ! C'était ce qu'elle se répétait en s'endormant : le Grand Méchant Ours n'existe pas. Des crétins comme Georges existent, oui, mais le Grand Méchant Ours, lui, il n'existe pas… En même temps, une petite voix s'inquiétait en elle : « Et s'il existait tout de même, hein, le Grand Méchant Ours, s'il existait vraiment » ?

***

CÉLESTINE : Alors, le matin, quand Ernest a soulevé le couvercle de la poubelle et qu'il m'a regardée avec son air affamé, la bave aux lèvres et les yeux hors de la tête, j'étais sûre que c'était le Grand Méchant Ours !

ERNEST : Je n'avais pas du tout la bave aux lèvres ! Et mes yeux étaient toujours dans ma tête ! Personne ne peut sortir ses yeux de sa tête.

CÉLESTINE : C'est une image, Ernest, c'est une image !

L'AUTEUR : Ne recommencez pas à vous chamailler, tous les deux ! Ernest, raconte-nous ce qui s'est passé, ce matin-là.

ERNEST : C'était l'hiver et j'étais de mauvais poil. J'avais faim, c'est vrai. Je me suis réveillé avec l'envie de manger la terre entière.

CÉLESTINE : Ah ! Tu vois !

ERNEST : C'est une image, Célestine ! *Manger la terre entière*, c'est une image !

CÉLESTINE : Quand même, c'est une image bizarre.

ERNEST : Parce que je suis poète, Célestine ! Je suis le roi des images bizarres.

L'AUTEUR : Il vaut mieux que je raconte moi-même, on ira plus vite.

5
Le réveil d'Ernest
(J'ai faim !)

Vous ai-je dit que tout ça se passait en hiver ? Non ? Bon, c'était l'hiver. Des tonnes de neige et un froid de canard. Ce matin-là, Ernest s'était réveillé de mauvaise humeur, au sommet de la colline, dans sa petite maison bien cachée au fond des bois. Il s'était assis sur le bord de son lit, il s'était gratté la tête, il s'était gratté le dos, il s'était gratté le derrière, et il s'était dit :

– J'ai faim.

Il se lève, il ouvre le réfrigérateur : vide, pas même un reste de choucroute. Il ouvre le buffet : vide, pas même une arête de sardine. Il descend à la cave : rien, pas même un vieux pot de miel. C'est pas possible, j'ai donc tout mangé avant de m'endormir ? Il cherche sous son lit, il ouvre tout ce qu'il y a à ouvrir, rien de rien ! Il ne reste absolument plus rien à manger dans la petite maison bien cachée au fond des bois.

Pas la plus petite miette de quoi que ce soit. J'ai faim, répète Ernest. J'ai faim, j'ai faim, j'ai faim, J'AI FAIM ! Et il s'habille, et il met ses grosses godasses, et il enfile son vieux manteau, et il prend son accordéon, son harmonica, ses cymbales et sa grosse caisse, et il descend en ville, sous la neige qui tombe à gros flocons, pour chanter une chanson.

(Ah ! J'ai oublié de dire qu'Ernest adore faire de la musique et chanter des chansons. Depuis tout petit il joue de tous les instruments et il fait des chansons sur tout ce qu'il imagine et sur tout ce qu'il voit. C'est sa passion, la musique. Chanter, il ne fait que ça, il ne pense qu'à ça, il ne vit que pour ça. Il a une très jolie voix. Une voix d'ours, mais très jolie.)

Donc, ce matin-là, Ernest avait tellement faim qu'il décida de descendre en ville pour chanter quelques chansons, gagner quelques sous, se remplir le ventre, remonter se coucher dans sa petite maison bien cachée au fond des bois et se rendormir, tel était son programme. (C'était l'hiver, les ours dorment beaucoup en hiver.)

Mais, justement, c'était un triste matin d'hiver. Personne n'avait envie d'entendre de chansons. Encore moins de sortir les mains des poches pour donner un sou au chanteur. Il faisait trop froid. Il neigeait. Les oursons allaient à l'école les yeux baissés, les grands ours allaient à leur travail le dos voûté. Tout le monde avait encore sommeil. Ernest chantait et les ours passaient. Ça faisait beaucoup de vapeur et ça ne rapportait pas un sou. Et puis on trouvait qu'Ernest faisait trop de bruit. On se plaignit. La police arriva. (La police, dans le monde d'en haut, ce sont de grands ours blancs.) Elle confisqua les instruments d'Ernest et lui donna une contravention. Ernest mangea la contravention. Mais il avait encore faim. Il décida de chercher dans les poubelles. Première poubelle, rien que de l'électronique. Aucun intérêt. La Grise avait beau dire, les ours ne mangent pas n'importe quoi. Ils sont comme tout le monde, ils mangent ce qui est mangeable. Deuxième poubelle, des vieux tissus tout tachés. Pouah ! Troisième poubelle, des emballages en plastique. Beurk ! Quatrième poubelle… etc., jusqu'à ce qu'Ernest soulève le couvercle de la dix-septième poubelle. Vous savez, celle qui se trouvait sous les fenêtres de Georges et de Lucienne, celle où Célestine dormait encore avec ses rêves. Ernest soulève le couvercle. Et qu'est-ce qu'il voit, endormie, serrant son sac à dos blanc contre son ventre ? Célestine ! Et, quand l'ombre immense d'Ernest s'abat sur elle, Célestine se réveille en sursaut, certaine qu'elle se trouve devant le Grand Méchant Ours. Elle pousse un grand cri de terreur :

– AAAAAAAAAAAAAAH !

Ernest la prend entre le pouce et l'index pour la regarder de plus près. Puis, il ouvre une bouche immense.

***

CÉLESTINE : Ah tu vois, l'Auteur ! Il a voulu me manger !

ERNEST : Pas du tout, j'avais faim mais j'avais sommeil aussi. J'ai dû bâiller ! Ou alors, je t'ai fait une blague ! Ce n'est pas impossible.

CÉLESTINE : Tu parles ! Tu voulais m'avaler toute crue, oui ! Avec mes chaussures et mon sac à dos !

***

Ça, c'est un point de l'histoire qui reste à éclaircir. Personnellement, je n'ai pas d'avis sur la question. Ça m'étonnerait qu'Ernest ait voulu manger Célestine. Mais, tout de même, il avait très faim. Il est vrai qu'il avait sommeil, aussi. Tout ce que je sais, c'est que Célestine décida de ne plus avoir peur. Elle regarda Ernest droit dans les yeux et lui demanda :

– Comment tu t'appelles ?

Ernest ferma sa bouche immense :

– Je m'appelle Ernest, pourquoi ?

Alors, Célestine avait parlé à toute allure :

– Bonjour Ernest, moi c'est Célestine. Dis donc, Ernest, il faut absolument que tu arrêtes de manger dans les poubelles, c'est très mauvais pour ta santé, il y a toutes les maladies du monde dans les poubelles, la peste, la typhoïde, le choléra, la diphtérie, le tétanos, l'hépatite… Ernest, tu veux attraper toutes les maladies du monde ?

– Non, Célestine, mais j'ai faim, et…

Célestine avait soulevé les paupières d'Ernest et inspectait ses yeux, comme font les docteurs, l'air très sérieux.

– Oh ! là, là ! Ernest, arrête les poubelles tout de suite !

– Je suis malade ? demanda Ernest.

– Pas encore mais ça ne va pas tarder.

Et c'est là que Célestine trouva la bonne idée :

– Ernest, je connais un endroit où tu vas te refaire une santé en mangeant tout ce qui est bon pour toi !

– Des caramels ? demanda Ernest en commençant à saliver.

– Des caramels, des roudoudous, des chouquettes, du nougat…

– Des caramels ? Tu es sûre ? demanda Ernest en salivant de plus belle.

– Sûre et certaine ! répéta Célestine. Et des sucres d'orge et des carambars et des pommes d'amour et de la barbe à papa, et du sirop d'érable et des fruits confits, tout ce qui est bon pour ta santé !

– Et des caramels, vraiment ? demanda Ernest dont la salive faisait maintenant une grande flaque tout autour d'eux sur le trottoir.

– Puisque je te le dis ! Et des tonnes de miel, et du pain d'épice, et des sucettes, et des chaussons aux pommes, et des tablettes de chocolat, et des tartes à tout !

– Où ça ? C'est où ? Où est-ce ? Où c'est ? On y va ? demanda Ernest qui n'avait plus une goutte de salive disponible.

– On y est ! répondit Célestine. Pose-moi par terre, Ernest, à côté de la flaque s'il te plaît, et retourne-toi, c'est là, sur le trottoir, juste devant toi !

Ernest posa Célestine sur le trottoir, à côté de la flaque, il se retourna, et c'était là, juste devant lui. Une grande confiserie qui s'appelait *Au Roi du Sucre*. C'était la confiserie de Georges. Le rideau de fer était encore baissé mais ça sentait tout ce dont Célestine avait parlé.

Ernest n'en croyait pas ses narines.

– Comment je fais pour entrer ?

– Par le soupirail, Ernest ! Regarde !

Ernest était accroupi sur le trottoir, le nez collé au soupirail. Célestine avait dit la vérité : la cave du *Roi du Sucre* était pleine de miel, de chocolat, de bonbons, de carambars, de pommes d'amour… bref, de tout ce qu'adorent les ours.

– Oh dis donc, murmura Ernest, oh didondidondidonc !

Il ouvrit le soupirail en passant son bras par le trou de l'aération. Il y passa la tête, il y passa les épaules, il y passa le ventre (ce fut un peu plus difficile, le soupirail n'était pas très grand), et la dernière chose que vit Célestine, ce matin-là, ce fut le gros derrière d'Ernest en train de disparaître dans le soupirail du *Roi du Sucre*.

– Merci, Célestine ! dit la voix d'Ernest en résonnant dans la cave.

– De rien, répondit Célestine. Bon appétit, Ernest !

***

L'AUTEUR : Voilà, Ernest et Célestine ne le savaient pas encore, mais ils venaient de vivre le début de leur amitié.

6
Le monde d'en bas
(Le monde des souris, je vous le rappelle.)

Donc, Célestine était là, sur le trottoir, à regarder le gros derrière d'Ernest disparaître dans le soupirail, quand tout à coup la cloche de l'école voisine sonna : huit heures du matin.

Célestine sursauta.

– Mais c'est qu'avec tout ça, je me suis mise en retard, moi !

Elle enfila son sac à dos, plongea dans une bouche d'égout, descendit à toute allure le long de l'échelle de fer qui conduit au monde d'en bas, arriva sur le quai de la rivière souterraine, sauta dans le bateau-métro (c'est comme ça que les souris se déplacent dans le monde d'en bas, en bateau-métro, c'est très pratique), bondit sur le quai de l'arrivée, traversa en courant la grande salle de distribution (la salle où on vide les sacs à dos – sauf les blancs – sur les tapis roulants qui distribuent la nourriture, les bouts de tissus, les clous, les vis et le reste dans toutes les directions), elle courut le long du terrain de sport où les souris travaillent leurs réflexes en évitant les coups de balai et les tapettes à souris (c'est pour ça que les souris sont si rapides !), elle courut le long des salles de classe où on apprend à deviner les réactions des ours et comment reconnaître tous les poisons du monde d'en haut, et enfin elle arriva, tout essoufflée, devant la grande porte de la *Clinique Blanche*.

Célestine eut juste le temps de se faufiler avant que la lourde porte ne se referme.

– Tu es en retard, Célestine, fit observer le rat gardien en regardant sa montre.

– Tu es en retard, Célestine, dirent les cinq autres souris qui attendaient assises sur un banc, leur sac à dos blanc sur les genoux.

– Je sais, dit Célestine, je…

Mais elle était trop essoufflée pour donner des explications. Elle respirait trop vite. Son cœur battait à toute allure. Elle avait l'impression de n'avoir jamais tant couru de sa vie. Elle s'assit à côté des cinq autres souris. Qui parlaient entre elles comme si Célestine n'existait pas.

– Combien, toi ? demanda la première souris à sa voisine.

– Cinq, répondit la voisine à la première souris.

– Pas terrible, dit la troisième souris.

– Et toi, combien ? demanda la deuxième souris à la troisième souris.

– Douze !

– C'est ton meilleur score ? demanda la cinquième souris à la troisième souris.

– Non, au stage de l'année dernière j'en ai fait dix-sept !

Là, il y eut un petit silence, parce que dix-sept, c'était quand même beaucoup.

– Et toi, Célestine, combien ? demanda tout à coup la première souris à Célestine.

Célestine sentit qu'elle rougissait. (Oui, les souris rougissent. Les ours aussi, d'ailleurs. Ça ne se voit pas, à cause de leurs poils, mais les ours et les souris rougissent.)

– Hein, Célestine ? Toi, combien ?

***

L'AUTEUR : Mais de quoi parlent-elles ? Combien de *quoi* ?

CÉLESTINE : Combien de petites dents, pardi ! Les dents que les oursons glissent sous leur oreiller ! C'était ça notre travail. Monter tous les soirs chercher les petites dents des oursons, les ranger précieusement dans notre sac à dos blanc et les redescendre ici, à la *Clinique*.

L'AUTEUR : Pour en faire quoi ?

CÉLESTINE : Pour remplacer les dents des vieilles souris, pardi ! C'est très solide, une dent d'ourson. Et puis on peut y tailler plusieurs dents de souris !

L'AUTEUR : Alors c'est pour ça que la petite souris passe quand un ourson perd une dent ?

CÉLESTINE : Bien sûr ! Pour quoi croyais-tu que c'était ? Tu n'es vraiment pas *réaliste* comme auteur !

ERNEST : Pas très cultivé, non plus. Tu n'as pas lu *Basile et le Rat Cadabra*, quand tu étais petit ?

L'AUTEUR : Non…

ERNEST : Eh bien, tu vas me rattraper ce retard inadmissible ! Je t'interroge demain.

L'AUTEUR : Et alors, combien avais-tu de petites dents, dans ton sac à dos blanc ?

7

Célestine ne veut pas être dentiste

(Elle veut être artiste.)

Justement, Célestine n'en avait qu'une seule. La dent de Léon. Ses camarades en avaient cinq, dix, douze, et elle, Célestine, n'en avait rapporté qu'une !

Cela fit une histoire terrible quand le Grand Dentiste s'en aperçut. Le Grand Dentiste était le chef de la *Clinique Blanche*. Un grand rat maigre, long et froid comme une stalagmite (dictionnaire, vite !) et qui voulait absolument que Célestine devienne dentiste.

– Une seule dent, Célestine ! Toute une nuit passée là-haut et tu ne rapportes qu'une seule dent ?

– Ce n'est pas ma faute, commença Célestine, j'ai sauté par la fenêtre, je suis tombée dans une poubelle et…

Mais le Grand Dentiste ne l'écoutait pas. Le Grand Dentiste fouillait le sac à dos de Célestine.

– Voyons un peu, roucoula-t-il, voyons un peu ce qu'il y a dans ce sac à dos…

Il le renversa au-dessus d'une corbeille à papier et tout le matériel à dessin de Célestine tomba dans la corbeille : les carnets, les crayons, les tubes de couleur, les pinceaux, la gomme, les chiffons…

– Tiens, tiens, tiens, chantonna le Grand Dentiste, alors voilà à quoi tu passes tes stages, Célestine… tu dessines… Au lieu de récolter des petites dents, tu dessines…

Les infirmières, les docteurs, les étudiants, les malades, toute la *Clinique Blanche* s'immobilisa. On regardait le Grand Dentiste et Célestine.

– Et voyons un peu ce que tu dessines, Célestine…

Le Grand Dentiste se baissa, ramassa le carnet à dessins dans la corbeille à papier. Il l'ouvrit délicatement.

– Ah ! bon ? susurra-t-il… Ah ! bon… Bon, bon, bon… tu dessines… des ours !

Il brandit le carnet très haut, l'ouvrit sur le portrait de Georges :

– Regardez, Célestine a dessiné un gros ours brun !

– Quelle horreur ! s'écria la clinique horrifiée.

Le Grand Dentiste tourna la page et montra à tous le portrait de Lucienne.

– Regardez, Célestine a dessiné une toute ronde ourse blonde !

– Quel scandale ! s'écria la clinique scandalisée.

Maintenant, le Grand Dentiste montrait le portrait de Léon.

– Regardez, Célestine a dessiné un ourson grognon !

– Quel ourson dégoûtant ! s'écria la clinique dégoûtée.

Silence.

Ce fut en murmurant gentiment, que le Grand Dentiste répéta :

– Alors tu dessines des ours !

– Et ça ne m'étonne pas ! s'écria une voix que Célestine connaissait bien. Ça ne m'étonne pas du tout !

C'était la voix de la Grise, la directrice de l'orphelinat. Elle venait d'entrer dans la *Clinique Blanche*, elle avait entendu les derniers mots du Grand Dentiste, elle traversa la foule, elle se planta devant Célestine en la montrant du doigt :

– Je la reconnais ! C'est Célestine ! Toute petite déjà elle ne croyait pas au Grand Méchant Ours ! Et voilà, maintenant, les ours, elle les dessine !

– Je ne dessine pas seulement des ours, protesta

Célestine, je dessine tout ce que je vois, je dessine surtout des souris, je dessine le bateau-métro, je dessine parce que je veux devenir dessinatrice ! Et je veux peindre aussi ! Et je veux…

Mais personne ne l'écoutait.

Le Grand Dentiste déchira un à un les dessins de Célestine. Il les jeta à la corbeille en petits morceaux. (Triste pluie de papier !) Après quoi, il y laissa tomber le cahier à dessins, comme si c'était la chose la plus dégoûtante qu'il eût jamais touchée. La *Clinique Blanche* était tout à fait silencieuse à présent. Célestine était morte de peur. Elle ne respirait presque plus. Le Grand Dentiste lui posa ses griffes sur l'épaule.

– Nous n'avons pas besoin d'artistes, petite sotte, nous avons besoin de dentistes ! Nous sommes le grand peuple des rongeurs, l'aurais-tu oublié ? Rien n'est plus important que nos précieuses incisives.

Le Grand Dentiste souriait toujours. Mais un sourire de sécateur au moment où le sécateur va couper la rose, vous voyez ? Exactement ce sourire-là.

– Cinquante-deux dents, Célestine ! Il te manque cinquante-deux dents, conclut-il. Cinquante-deux ! Tu as cinquante-deux dents de retard depuis le début du stage… Alors, c'est très simple – ses yeux flamboyaient de colère –, tu vas remonter là-haut, petite paresseuse, et tu ne redescendras qu'avec ces cinquante-deux dents. Pas une de moins ! D'ici là je ne veux plus te voir. Interdiction absolue de redescendre avant ! C'est compris, Célestine ?

– C'EST COMPRIS ? cria la Grise.

8

Cinquante-deux dents

(Tout à fait impossible.)

Célestine était remontée chez les ours le cœur plus lourd qu'un sac à dos plein de cailloux. Cinquante-deux dents ! Elle n'y arriverait jamais. Voilà ce qu'elle se disait, assise sur le trottoir, en face de l'école. Elle se sentait si seule, si malheureuse ! « Je ne pourrai plus jamais redescendre chez moi, se disait-elle. Je suis condamnée à vivre ici ! Mais c'est impossible pour une souris. Dans le monde d'en haut dès qu'un ours voit une souris il devient fou furieux. Tout le monde va me chasser du matin au soir ! Je ne peux pas vivre cachée ici toute ma vie ! Et puis, ce n'est pas chez moi ! » Voilà ce que se disait la pauvre Célestine, sur le trottoir, cachée derrière une poubelle. Une de ces peurs ! Une de ces envies de pleurer ! Et tellement seule ! Elle se sentait aussi seule que si elle avait été la seule souris au monde.

Tout à coup, elle entendit la cloche de l'école sonner l'heure de la récré.

Et ce fut comme si l'école explosait. Tous les oursons sortirent en même temps, et tous se précipitèrent en criant devant la vitrine de Georges, *Au Roi du Sucre*.

– Monsieur Georges, une sucette !

– Monsieur Georges, un gâteau à la crème !

– Monsieur Georges, trois kilos de carambars !

– Non, moi d'abord, moi d'abord, une tonne de chouquettes !

– Pas tous en même temps, mes oursons gloutons, répondait Georges en riant. Un par un, tout le monde sera servi, j'ai tout ce qu'il faut ! Alors, petite oursonne, qu'est-ce qui te ferait plaisir à toi ?

Et c'était comme si Georges avait cent bras tout à coup : une glace à la vanille pour celle-ci (*cling !* faisait le tiroir-caisse), un gâteau aux fraises pour celui-là *(cling !)*, trois paquets de chewing-gums pour ces grosses joues *(cling !)*, cinq caramels pour ce fin museau *(cling !)*.

Jusqu'à ce que Georges entende une voix grognonne lui demander :

– Une groffe glafe au focolat pour deux euros, Papa !

La petite voix corrigea aussitôt :

– Euh ! Pardon, je feux dire « Monsieur Veorves ». Une groffe glace, Monsieur Veorves, f'il vous plaît ! Avec plein de crème deffus !

Georges reconnut cette voix où manquait une dent. Il se pencha par-dessus sa caisse. Il vit un ourson emmitouflé dans une grande écharpe, qui tendait une pièce de deux euros en cachant sa figure. Il souleva l'ourson jusqu'à lui. Et que découvrit-il en déroulant l'écharpe ? Son propre fils ! Léon ! L'ourson grognon ! Georges n'était pas content du tout.

– Viens un peu par ici, toi !

« Par ici », c'était dehors. Georges entraîna Léon sur le trottoir, loin de ses camarades. Il le gronda en le secouant comme un prunier :

– Pas-de-su-cre-rie-pour-toi, Léon, je te l'ai dit mille fois, pas-de-su-cre-rie ! Pas toi ! Jamais !

Puis, à voix basse :

– Tous les autres oui, mais toi, non ! Tu veux éternuer tes dents quand tu seras grand ? Tu veux finir en face, chez Maman ? C'est ça ?

Ce disant, Georges montra un magasin, de l'autre côté de la rue, un magasin qui se trouvait juste derrière Célestine.

Laquelle se retourna.

Et que vit-elle ?

Un magasin, bien sûr.

Mais pas n'importe quel magasin !

Un magasin très beau, très neuf, très propre, étincelant comme une bijouterie !

Seulement, ce n'était pas une bijouterie.

Célestine ouvrit des yeux grands comme ça !

Elle n'en revenait pas.

Ce n'étaient pas des bijoux qui brillaient dans la vitrine ! C'étaient des dents ! Des dents toutes neuves, blanches comme des dragées, luisantes comme des perles, chacune joliment rangée dans sa petite boîte de velours. Des merveilles de dents ! Par dizaines ! Dans un magasin plus propre encore que la grande *Clinique Blanche* ! Le magasin de Lucienne. Qui s'appelait... Célestine leva les yeux pour lire l'enseigne... qui s'appelait : *La Dent Dure*.

***

ERNEST : Dis donc, l'Auteur, as-tu bien compris ce qu'ils font, Georges et Lucienne, lui *Au Roi du Sucre* et elle à *La Dent Dure* ?

CÉLESTINE : Bien sûr qu'il a compris, Ernest ! C'est l'Auteur tout de même !

L'AUTEUR : Georges vend des sucreries et Lucienne vend des dents ! Je l'ai dit au début de l'histoire !

ERNEST : Et le Lecteur, lui, il l'a bien compris l'abomination de la chose ? Georges gâte *exprès* les dents des petits avec toutes ces cochonneries sucrées pour qu'ils aillent acheter des dents neuves chez Lucienne quand ils seront grands et que les leurs seront pourries ! Et quand Georges et Lucienne seront à la retraite Léon dirigera les *deux* magasins ! Il l'a compris, ça, le Lecteur ?

L'AUTEUR : Je crois, oui.

LE LECTEUR : Oui, j'ai parfaitement compris, Ernest, je te remercie.

ERNEST : Qui c'est, celui-là ?

L'AUTEUR : Le Lecteur, justement.

LE LECTEUR : Je suis le Lecteur. J'ai compris ce qui précède, et, s'il te plaît, Ernest, j'aimerais bien la suite !

***

Pendant que Célestine regardait en l'air, un client était entré à *La Dent Dure. Bling bling !* avait fait la porte. Le client était un grizzly (le grizzly est le plus gros de tous les ours), un grizzly très gros, très riche et très frileux, un manteau de fourrure sur sa fourrure et des bagues à chaque doigt de ses gants. Le grizzly à la double fourrure dit à Lucienne :

– Regardez-moi ça, Lucienne, j'ai un très vilain sourire !

Et il lui fit un affreux sourire, en effet. Plus une seule dent de devant ! Un sourire vide.

– Ne vous inquiétez pas, Monsieur le Juge, lui répondit Lucienne (car ce grizzly était juge), j'ai ce qu'il vous faut !

Elle l'entraîna au fond du magasin devant un coffre-fort. (« Tiens, tiens, un coffre, se dit Célestine, et rudement grand ! ») Lucienne fit la combinaison du coffre, C-15-6-6-R-5, que Célestine apprit aussitôt par cœur. La grosse porte du coffre s'ouvrit, et là, surprise : le coffre était rempli de dents ! Plein à ras bord ! Cent fois plus de dents que dans la vitrine ! Du gros coffre, Lucienne sortit un sourire tout blanc qu'elle fit essayer au juge.

– Non, non, non, fit la tête du juge, devant le miroir que lui tendait Lucienne, ça ne me va pas du tout, c'est beaucoup trop blanc !

– Alors, essayez donc celui-ci, Monsieur le Juge, dit Lucienne en lui proposant un splendide sourire d'argent.

– Non, non, non, fit le juge, ça me va encore moins !

– Et celui-là ? demanda Lucienne qui ne se décourageait jamais.

Elle ouvrit un petit coffret et ce fut comme si le soleil se levait dans les yeux du juge. Des dents en or ! Ça tombait bien, le juge voulait justement un sourire en or. (C'est plus impressionnant quand on est juge.) Il s'admira dans le miroir : son sourire était tellement éblouissant qu'il dut chausser ses lunettes de soleil.

***

LE LECTEUR : Mais les voilà, tes dents, Célestine ! Elles sont ici ! Sous tes yeux ! Dans ce coffre ! Il suffit de les prendre !

CÉLESTINE : ...

L'AUTEUR : ...

ERNEST : Qui c'est, déjà, celui-là ?

LE LECTEUR : Ne fais pas semblant de ne pas me reconnaître, Ernest. Je suis le Lecteur et je viens de trouver la solution au problème de Célestine !

CÉLESTINE : Tu *crois* avoir trouvé la solution. J'y ai pensé aussi, figure-toi. Mais si j'entre dans ce magasin, on m'attrapera tout de suite. Et puis, je ne peux pas mettre cinquante-deux dents dans mon sac à dos ! Il est trop petit.

LE LECTEUR : Qui parle de cinquante-deux dents ? Tu prends *toutes* les dents du magasin ! Toutes celles du coffre et de la vitrine ! Avec ça, la *Clinique Blanche* sera servie pour un siècle, le Grand Dentiste n'aura plus besoin de toi, et on te laissera dessiner et peindre le reste de ta vie !

CÉLESTINE : Et comment les prendre, ces dents ?

LE LECTEUR : Facile ! tu attends que la nuit tombe, que *La Dent Dure* soit fermée, tu trouves un grand sac, tu ouvres le coffre et hop ! C'est bien pour ça que tu as appris la combinaison par cœur, non ?

CÉLESTINE : Si. C-15-6-6-R-5. Mais comment entrer dans le magasin, s'il est fermé ?

LE LECTEUR : Par un petit trou ! Un trou de souris ! Il y en a toujours un !

CÉLESTINE : Ah oui ? Et comment sortir mon énorme sac par un trou de souris ? Une fois rempli le sac ne passera pas !

LE LECTEUR : Dans ce cas, tu sortiras les dents une à une en laissant le sac dehors !

CÉLESTINE : Sortir toutes ces dents du magasin une à une ? Ça va pas, non ? Il y en a des milliers ! Le soleil aura largement le temps de se lever, de se recoucher et de se relever ! On me verra. Je me ferai attraper ! Et même si j'y arrive, je ne pourrai jamais le porter, ce sac ! Il sera beaucoup trop lourd pour moi.

LE LECTEUR : Alors, qu'est-ce que tu vas faire ?

ERNEST : Elle va me demander un coup de main, évidemment !

CÉLESTINE : Tais-toi, Ernest.

ERNEST : Quoi, tu ne m'as pas demandé un coup de main, peut-être ?

CÉLESTINE : Si, mais c'était plus tard. Si tu racontes les choses avant qu'elles n'arrivent, tu fiches l'histoire en l'air !

L'AUTEUR : C'est vrai, Ernest, une histoire, c'est comme une maison, tu ne peux pas commencer par le toit.

LE LECTEUR : À propos, toi, qu'est-ce que tu faisais pendant tout ce temps ?

ERNEST : Moi ? Je me régalais, dans la cave de Georges, le *Roi du Sucre* ! Tu as oublié ?

LE LECTEUR : Non mais une amie m'a dit que tu t'es fait prendre. C'est vrai ?

9

Comment Ernest s'est fait prendre

(Chapitre très court parce que ça s'est passé très vite.)

Ça s'est passé comme ça. Une petite oursonne avait demandé des roudoudous à Georges.

– Des roudoudous, avait répondu Georges en cherchant autour de lui… des roudoudous… voyons, voyons… Eh bien, il ne m'en reste plus, ma petite oursonne.

Et, comme elle commençait à pleurer…

– Mais ne pleure pas ! Je vais en chercher à la cave.

Georges souleva la trappe, derrière son comptoir, descendit à la cave et se trouva nez à nez avec Ernest bien sûr. La cave était sens dessus dessous. Un vrai désastre. Ernest avait tout mangé ! Plus rien sur les étagères ! Tous les pots étaient par terre ! Tous vides ! Et Ernest était assis au milieu de ce champ de bataille en train de vider le dernier pot de sirop d'érable.

– Oh, un voleur ! s'écria Georges en voyant Ernest.

– Zut, le patron ! s'écria Ernest en voyant Georges.

Alors Georges se jeta sur Ernest.

Alors Ernest jeta le pot de sirop d'érable sur Georges.

Alors Georges attrapa le pot pour qu'il ne se casse pas.

Alors Ernest en profita pour sortir par où il était entré : le soupirail.

Mais quelque chose avait changé. Un détail. Auquel Ernest n'avait pas pensé. Il avait grossi ! Beaucoup ! Il était maigre en entrant, mais comme il avait tout mangé il était trop gros pour ressortir ! Du coup, il était resté coincé dans le soupirail, la tête et les bras dans la rue, le ventre et le derrière dans la cave.

– Au voleur ! s'écria Georges en remontant quatre à quatre l'escalier de la cave. Au voleur ! s'écria Georges en jaillissant dans son magasin. Au voleur ! s'écria Georges au téléphone. Au voleur ! Police ! Tout de suite !

Et bien sûr, la police arriva tout de suite. (Je ne sais pas pourquoi mais pour Ernest, la police arrive toujours tout de suite.) Un fourgon avec un gyrophare et une sirène qui hurlait. Le fourgon s'arrêta pile devant le *Roi du Sucre*.

10

Comment Ernest s'est évadé (Chapitre deux fois plus long parce qu'il est deux fois plus difficile de s'évader que de se faire prendre.)

– Mais c'est Ernest ! dit le premier ours blanc.

– Ce matin tu nous cassais les oreilles avec ta musique et maintenant tu cambrioles ? dit le deuxième ours blanc.

– Épargnez-moi vos commentaires et sortez-moi de là ! répondit Ernest qui n'était pas de bonne humeur.

– Ne te fais pas d'illusion, Ernest, si on te sort de là c'est pour te mettre en prison !

– Oui, et pillage de sucreries, le juge ne va pas être tendre !

Les deux policiers tiraient sur les bras d'Ernest. Ils tiraient tant et si bien que ça fit *Plop !* Tous les trois roulèrent sur le trottoir en rouspétant. Ernest voulut s'échapper mais il était beaucoup trop lourd à présent. Les deux policiers le rattrapèrent sans mal, le ligotèrent et le jetèrent dans le fourgon.

– Allez, fin de la récré ! dit Georges aux oursons que la scène avait beaucoup amusés. Retournez à l'école, vous autres ! Et retenez la leçon : les voleurs finissent toujours en prison ! Toujours ! En prison ! Les voleurs !

« Je ne veux pas aller en prison, pensa Ernest dans le fourgon qui démarrait. Je veux rentrer chez moi. Je veux finir l'hiver au sommet de la colline dans ma petite maison bien cachée au fond des bois. Maintenant que j'ai mangé, je veux mon lit, et dormir, et faire de beaux rêves musicaux. (Ah oui, j'ai oublié de dire qu'Ernest rêve en musique, c'est un détail, mais c'est important pour un musicien.) Il faut que je m'évade ! se dit Ernest. Aucun doute, il faut que je me sauve ! »

Seulement voilà, les deux ours blancs l'avaient transformé en saucisson et on n'a jamais vu un saucisson s'évader de nulle part. Pauvre Ernest. Même son museau était saucissonné. Il pouvait à peine respirer. Comment sortir de là ? C'était la seule question qu'il se posait dans le fourgon qui roulait à toute allure vers la prison. Et, bien sûr, il n'avait pas la réponse.

Soudain il crut entendre une voix.

Une toute petite voix qui l'appelait par son nom :

– Ernest...

D'abord, il l'entendit à peine. (Ça fait du bruit un fourgon de police en ferraille qui roule à toute allure avec une sirène sur la tête.)

– Ernest ! répéta la petite voix un peu plus fort, c'est moi, Célestine !

– Qui ça ? demanda muettement Ernest, en fronçant ses gros sourcils.

Célestine sauta sous le nez d'Ernest.

– Moi, Célestine, la souris de ce matin, la poubelle, tu te souviens ? Tu voulais me manger toute vivante !

– Je n'ai jamais voulu manger de souris ! dit muettement Ernest en secouant sa tête de droite à gauche.

– De toute façon la question n'est pas là, répondit Célestine. Si je me suis cachée dans le fourgon pendant qu'ils te saucissonnaient, c'est pour te poser une question.

– Quelle question ? firent les yeux d'Ernest en s'écarquillant.

– Une question importante, prévint Célestine, je peux *vraiment* te la poser ?

– Oui, fit la tête d'Ernest.

– Bon, alors, je la pose : Ernest, veux-tu que je te libère ?

– Oui ! fit la tête d'Ernest.

– Et si je te libère, demanda Célestine, est-ce que tu me rendrais un petit service ?

– Oui ! Oui ! fit la tête d'Ernest.

– Et un *grand* service, dit Célestine en rongeant les liens qui attachaient les pieds d'Ernest, si je te libère, tu me le rendrais ?

– Oui, oui, oui ! fit la tête d'Ernest.

– Et un *énorme* service, dit Célestine en rongeant les liens qui attachaient les mains d'Ernest (les pieds, c'était fait), si je te libère, tu me le rendrais ?

– OUI, OUI, OUI, ET OUI ! fit la tête d'Ernest.

– Et *le plus grand service du monde*, Ernest, tu me le rendrais ? demanda Célestine qui n'était plus tout à fait sûre de la réponse maintenant que les pieds et les mains d'Ernest étaient détachés.

– Oui, le plus grand service du monde ! répondit Ernest en arrachant lui-même la corde qui le muselait. Je te le jure, Célestine !

– Dans ce cas, vous êtes libre, Monsieur Ernest, dit Célestine en ouvrant la porte du fourgon de police qui venait de s'arrêter à un feu rouge.

11

Le plus grand service du monde

(Il est vrai que ce n'était pas un petit service.)

Célestine avait pris sa décision en voyant Ernest se faire attraper.

Elle était là, devant la vitrine de *La Dent Dure*, à se demander comment vider le magasin.

Sirène, gyrophare, coup de frein.

Elle s'était retournée.

La police !

Ernest ! (Qu'elle avait complètement oublié.)

Les ours blancs qui le tiraient par les bras.

Plop !

Ernest qui essayait de s'enfuir.

Les autres qui le rattrapaient et le saucissonnaient.

La voilà, la solution ! s'était dit Célestine.

Ernest !

Ernest est fort comme un ours. Si je le libère, il m'aidera à soulever le rideau de fer de *La Dent Dure*, on videra le coffre et la vitrine dans un grand sac, Ernest portera le sac jusqu'à la *Clinique Blanche*, ensuite il remontera à la surface, ni vu ni connu, adieu Ernest, adieu Célestine, et merci pour tout !

Ce qui fut fait. Nuit tombée, Ernest avait chiffonné le rideau de fer comme une simple feuille de papier (Ne fais pas tant de bruit, Ernest, on va se faire prendre !), Célestine avait ouvert le coffre sans problème (C-15-6-6-R-5, facile !), Ernest avait rempli le grand sac avec toutes les dents (un gigantesque sac à pain trouvé à la porte d'une boulangerie) et tous deux étaient sortis du magasin comme ils y étaient entrés, sans problème.

C'est après que ça s'était compliqué.

Ernest n'avait pas voulu porter le sac jusqu'à la *Clinique Blanche*.

Rien à faire. Il refusait absolument.

– Non, non, non, pas question, je ne porte pas le sac jusqu'à la *Clinique* !

– Pourquoi ?

– Pourquoi ? Parce qu'il est affreusement tard et que j'ai sommeil, Célestine, voilà pourquoi !

– Mais Ernest, tu vois bien que je ne peux pas le descendre toute seule, ce sac !

– J'ai sommeil, Célestine ! Un ours, en hiver, ça se couche tôt ! Je t'ai promis de t'aider, c'est fait. Tu as ton gros sac de dents, non ? Maintenant, je le porte jusqu'à la bouche d'égout, je le jette dedans, il tombe dans le monde d'en bas, et après tu te débrouilles !

– Ah ! bravo ! Le sac va éclater sur le quai ! Les dents vont s'éparpiller, elles vont tomber dans le canal, elles seront perdues, ce sera un désastre ! Tu ne peux pas me faire ça, Ernest !

– Célestine, j'ai sommeil, je rentre dans ma petite maison bien cachée au fond des bois et je dors, un point c'est tout !

Tout cela chuchoté en marchant dans la nuit silencieuse vers la bouche d'égout la plus proche (verticalement) de la *Clinique Blanche*.

Célestine avait laissé passer quelques secondes et elle avait fini par dire avec une drôle de voix :

– Oui, oui, je vois ce que c'est, Ernest...

– Quoi ? avait aussitôt demandé Ernest, qu'est-ce que tu vois ?

– Je vois que tu as peur.

– Peur, moi ? De quoi ?

– Peur de descendre dans le monde d'en bas, pardi !

– Et pourquoi s'il te plaît ?

– À cause des souris ! Tu as peur des souris, comme n'importe quel ours, tout simplement !

– Célestine, je ne suis pas *n'importe quel ours*, je suis Ernest ! Et un Ernest n'a pas peur des souris !

– De toute façon, à cette heure-ci, dit Célestine négligemment, si tu descendais, tu n'en verrais aucune…

– Ah bon ? Tu es sûre ?

– Absolument certaine ! La nuit, en bas, les souris dorment, comme tout le monde. À cette heure-ci, tu n'en rencontrerais pas une seule sur ton chemin. Ni aucun rat, d'ailleurs.

Puis, avec une voix tellement câline qu'elle aurait fait fondre un mur :

– Allez, Ernest, un dernier petit effort… Descends ce sac mon Ernest, je t'en supplie, sois mignon…

Et, bien sûr, Ernest avait fini par descendre le sac. En râlochant, mais il l'avait descendu. En tombant de sommeil, mais il l'avait descendu.

Et les voilà, finalement, arrivés à la *Clinique Blanche*.

Ernest pose le sac devant la porte close. Il souffle un bon coup et dit :

– Voilà, Célestine. Maintenant, je remonte.

– Veux-tu que je te raccompagne ?

– Pas la peine, je connais le chemin, répond Ernest qui s'éloigne en titubant de sommeil.

– Merci, Ernest !

– De rien, Célestine. Mais c'est fini, hein, les plus grands services du monde ! Tu m'as libéré, j'ai porté ton sac jusqu'ici, on est quittes à présent.

– D'accord, Ernest, on est quittes.

12
La gloire de Célestine
(Vive Célestine !)

Il fallait voir la tête du Grand Dentiste, quand, au petit matin, ouvrant la *Clinique Blanche*, il découvrit Célestine devant la porte endormie sur un énorme sac.

Il était…

Dans une colère…

Mais une colère…

(Il ne savait évidemment pas ce que contenait le sac.)

Il arrivait à peine à parler :

– Qu'est-ce que…

La fureur lui confisquait tout son air :

– Qu'est-ce…

Il lui fallut se calmer un peu pour respirer profondément et crier tout d'une traite :

– Qu'est-ce-que-tu-fiches-ici-Célestine-je-t'avais-interdit-de-redescendre-sans-tes-cinquante-deux-dents !

Célestine s'était réveillée sans sursauter. Elle regardait tranquillement le Grand Dentiste qui s'égosillait :

– Remonte là-haut immédiatement ! Fais ce que tu as à faire, et si je te revois sans tes cinquante-deux dents, c'est la police, Célestine, la prison, tu entends, LA PRI...

Célestine posa un doigt sur ses lèvres. (Ce qui voulait dire : « Taisez-vous un peu, s'il vous plaît ! ») Le Grand Dentiste faillit s'étouffer. « Quoi ? Elle me fait signe de me taire ? Elle ? À moi ? Mais pour qui se prend-elle, cette espèce de petite... »

Célestine s'étira, bâilla, puis elle tira sur la corde qui tenait fermé l'énorme sac (c'était un morceau de la corde avec laquelle les ours blancs avaient attaché Ernest). La corde se dénoua, le sac s'ouvrit d'un coup et une avalanche de dents immaculées emporta le Grand Dentiste jusqu'au milieu de la *Clinique*. Quand il refit surface, un peu étourdi, et qu'il vit cette montagne de dents au-dessus de lui, il fut pris d'une véritable crise de folie. Quelle joie ! Un miracle ! Ce n'était pas vrai ! Il rêvait ! Une montagne de dents toutes neuves ! Le plus beau rêve de sa vie ! Il était comme fou. Absolument frappadingue. Il grimpait en courant jusqu'au sommet de cette montagne, il se laissait rouler jusqu'en bas, il remontait aussitôt, les dents dégringolaient sous lui comme des billes, il se cassait la figure en riant, il plongeait, il refaisait surface, avec des éclats de rire qui attirèrent tout le personnel de la *Clinique*, bien sûr, et c'était vraiment très étrange parce qu'on ne l'avait jamais vu rire, le Grand Dentiste, personne, jamais, même tout petit, et lui, maintenant, il était là, à rire aux éclats, sans même s'apercevoir que la *Clinique* s'était remplie, que tout le monde le regardait rigoler comme un souriceau qu'on chatouille...

Jusqu'au moment où Célestine, contournant la montagne de dents, entra dans la *Clinique* et se plaça bien en face du Grand Dentiste :

– Eh ! Oh ! Vous, là ! Un peu de sérieux, s'il vous plaît !

Elle lui montra la corbeille où, la veille, il avait jeté son cahier à dessins :

– Je peux récupérer mes affaires ?

Sans attendre la réponse, elle reprit son sac à dos blanc et y rangea soigneusement tout son matériel : les crayons dans la poche à crayons, les pinceaux dans la poche à pinceaux, les tubes de gouache dans la poche à gouache, les gommes dans la poche aux gommes, et le carnet bien au milieu, à la place d'honneur.

Cela fait, elle demanda au Grand Dentiste :

– Bon, je peux me remettre à dessiner, à présent ?

Le Grand Dentiste la regarda comme s'il sortait d'un rêve.

– Pardon ? Qui êtes-vous ?

– Célestine ! Je suis Célestine. Et je vous demande si je peux me remettre à dessiner et à peindre maintenant que je vous ai rapporté cette montagne de dents.

Il n'avait pas l'air de bien comprendre ce qu'elle disait.

– Dessiner ? Peindre ? Célestine ?

Puis, tout à coup, comme s'il se réveillait :

– Ah ! Oui ! Célestine ! Bien sûr ! Peindre ! Dessiner ! Tout ce que tu voudras, Célestine ! Toute ta vie si tu le veux ! Pourquoi, quelqu'un veut t'empêcher de dessiner ? Quelqu'un veut t'empêcher de peindre ? Qui ça ? Qu'on me le montre ! Qui veut empêcher Célestine de peindre ? Hein ? Qui ?

Les dentistes, les infirmiers, les infirmières, les malades, se regardaient :

– Personne ! Tu veux empêcher Célestine de peindre, toi ? Moi non, et toi ? Pas du tout ! Et toi ? Moi non plus, j'adore Célestine, j'adore la peinture, et toi ? Jamais de la vie, moi j'ai toujours pensé qu'on avait besoin d'artistes ! C'est vrai ! Dentiste c'est bien, mais artiste, c'est pas mal non plus !

– Vive Célestine ! s'écria soudain le Grand Dentiste. Vive Célestine notre futur peintre historique !

– VIVE CÉLESTINE ! s'écria toute la clinique.

Et Célestine se sentit soulevée de terre. On la portait en triomphe, à bout de bras, très au-dessus de toutes les têtes. VIVE CÉLESTINE ! On lui faisait un cortège de gloire. VIVE CÉLESTINE ! Le Grand Dentiste devant, qui criait plus fort que tout le monde : VIVE CÉLESTINE ! On sortit de la *Clinique* pour défiler dans les rues, et ce fut à ce cri que, ce matin-là, le monde d'en bas fut réveillé : VIVE CÉLESTINE ! On entendait VIVE CÉLESTINE ! on sautait du lit, on sortait de chez soi, on suivait le défilé, et on se mettait à crier avec les autres : VIVE CÉLESTINE ! Une foule de plus en plus énorme. La plupart ne savaient pas pourquoi on honorait Célestine mais ils criaient quand même : VIVE CÉLESTINE ! Les plus nombreux ne connaissaient même pas Célestine, mais ils criaient quand même : VIVE CÉLESTINE ! parce que c'est un point commun entre le monde d'en bas et le monde d'en haut, quand tout le monde crie, tout le monde crie.

En passant devant l'orphelinat, la foule croisa les orphelins que la Grise menait à l'école. Et les orphelins comme les autres se mirent à suivre le cortège en criant VIVE CÉLESTINE ! La Grise avait beau essayer de les retenir (l'école c'était de l'autre côté) rien à faire : VIVE CÉLESTINE ! criaient les orphelins en courant derrière le cortège. Et c'était comme si la Grise n'existait pas ! Ce qui ne lui plut pas du tout. Bref, une bonne partie de la matinée se passa ainsi à promener Célestine dans tout le monde d'en bas, puis, quand tous les habitants furent réveillés au cri de VIVE CÉLESTINE ! le moment arriva où il fallut tout de même se remettre au travail : les dentistes à leurs dents, les commerçants à leur commerce, les écoliers à leurs études, et c'est là, en arrivant à l'école que se produisit quelque chose... d'abominable !

***

ERNEST : Ah ! non, l'Auteur, tu ne vas pas raconter ça, c'est trop abominable !

CÉLESTINE : Ernest a raison, on ne pourrait pas sauter ce chapitre ?

LE LECTEUR : Pas question ! Moi je veux l'histoire tout entière, avec tous ses chapitres !

ERNEST : Qui c'est, celui-là ?

L'AUTEUR : C'est le Lecteur, Ernest, celui pour qui j'écris l'histoire.

ERNEST : Qui ça ?

LE LECTEUR : Ne vous fatiguez pas, Ernest sait parfaitement qui je suis. Je suis le Lecteur et je veux l'histoire avec tous ses chapitres !

CÉLESTINE : Même si certains sont affreusement tristes ?

LE LECTEUR : *Tous* les chapitres, Célestine, je les veux tous ! Tristes ou gais, je les veux tous ! C'est *mon* histoire.

ERNEST : Dis donc, le Lecteur, tu pourrais te mettre à notre place quand même, parce que le chapitre suivant, il est vraiment abominable !

LE LECTEUR : Mais je *suis* à votre place, Ernest ! Si vous riez, je ris, si vous pleurez, je pleure, et si vous avez peur, j'ai peur.

ERNEST : Dans ce cas, il faut sauter le chapitre suivant, il fait vraiment trop peur !

LE LECTEUR : Je le sauterai si je veux. Et puis, réfléchis un peu, Ernest, pour que je puisse sauter un chapitre, il faut qu'il soit écrit.

ERNEST : Alors, ça va être abominable !

13

Chapitre abominable

(Plus que ça, même !)

Parce que, quand l'immense cortège qui portait Célestine en triomphe arriva devant l'école…

et que la Grise ouvrit la porte qui donnait sur la cour…

ce qu'ils virent, une fois la porte ouverte…

ce qu'ils virent…

là, au milieu de la cour…

Quelle horreur !

D'abord, ils n'en crurent pas leurs yeux.

Ils étaient tous paralysés.

Tellement peur que personne ne cria.

Noyés sous une vague de silence. Tous.

Célestine était peut-être la plus surprise.

Elle fut pourtant la première à réagir :

– Ernest ! Qu'est-ce que tu fais là ?

Car c'était cela qu'ils voyaient : un ours couché dans la cour de l'école !

Un ours ! Dans le monde d'en bas !

Un ours ÉNORME.

Qui se réveilla en les entendant arriver.

Et qui dit :

– Ah ! Bonjour Célestine, ça va ?

Quand il s'assit sur son gros derrière, qu'il se frotta les yeux, et qu'il bâilla en dévoilant des dents grandes comme des sabres, le cortège s'écria : LE GRAND MÉCHANT OURS ! On laissa tomber Célestine par terre et on s'éparpilla en piaillant.

Avant de s'enfuir à son tour, le Grand Dentiste eut juste le temps de s'écrier :

– Célestine, tu connais cet ours ? C'est *toi* qui as introduit cet ours chez nous ?

Il déguerpit sans attendre la réponse :

– Police, criait-il en courant, POLIIIIIIIICE ! Appelez la police ! Appelez l'armée ! Les ours nous envahiiiiiiiiiissent !

Mais, celle qui criait le plus fort, c'était la Grise. Elle avait grimpé en haut d'un réverbère où elle se cramponnait en tremblant (de rage plus que de peur) et elle hurlait à tous les vents, en pointant Célestine de son long doigt sec :

– La voilà, la souris qui ne croyait pas au Grand Méchant Ours ! C'est Célestine ! Elle n'y croyait pas ! Elle n'y a jamais cru ! Ses frères, ses sœurs, ses cousins, ses cousines, ses copains, ses copines, tout le monde lui disait : « Méfie-toi du Grand Méchant Ours ! » mais elle n'écoutait personne, elle faisait la maligne ! Résultat : elle l'a introduit chez nous, le Grand Méchant Ours ! Maudite sois-tu, Célestine, maudiiiiiiiiite !

Maintenant Ernest et Célestine couraient, poursuivis par la voix de la Grise qui résonnait dans tout le monde d'en bas.

– Maudiiiiiiite, Célestine, maudiiiiiiiiite !

Et tous ceux qui les voyaient s'enfuir répétaient :

– Maudiiiiiiiite, Célestine, maudiiiiiiiiite !

Les mêmes qui tout à l'heure criaient VIVE CÉLESTINE ! hurlaient maintenant :

– Maudiiiiiiiiiite, Célestine, maudiiiiiiiiite !

Les mêmes, sans blague ! Exactement les mêmes !

Accrochée au col du manteau d'Ernest, Célestine le guidait en lui criant dans l'oreille.

– Prends la première à droite, Ernest, vite, et maintenant la deuxième à gauche, dépêche-toi, la police ne va pas tarder à arriver !

Car on entendait les sirènes de la police. Elles se rapprochaient. Ernest et Célestine avaient à leurs trousses toute la police du monde d'en bas. (Des rats policiers atrocement costauds avec des armes partout.)

– Ils vont nous rattraper, Ernest ! Grouille ! Grouille !

– Je fais ce que je peux ! Si tu crois que c'est facile pour un ours de courir sous terre !

– Mais qu'est-ce qui t'a pris de dormir dans l'école ? Pourquoi n'es-tu pas rentré chez toi, hier soir ?

– Je me suis perdu, Célestine ! J'avais sommeil ! Je me suis endormi ! J'ai ouvert la porte de cette école, je me suis assis pour réfléchir, bien caché dans la cour, et je me suis endormi ! Voilà ! Tu es contente ?

Maintenant Ernest courait carrément dans le canal où naviguaient les bateaux-métros. Ça faisait *ploutch*, *ploutch*, *ploutch*, et ça produisait des vagues énormes. Certains passagers tombaient à l'eau, les autres se cramponnaient à ce qu'ils pouvaient. S'ajoutait à ce vacarme le hululement des sirènes de la police.

Et la voix de la Grise, par-dessus tout ça :

– Maudiiiiiiiiiite, Célestine !

Et la voix unique de tous ceux qui criaient avec elle :

– Maudiiiiiiiiiite, Célestine !

Les sirènes se rapprochaient de plus en plus.

– Ils nous poursuivent avec des vedettes, maintenant ! Sors du canal, Ernest et tourne là, à droite, vite ! On grimpe par cette échelle et on sort ! On peut sortir par là, je le sais ! Grouille-toi, ils arrivent !

Ernest sortit de l'eau en créant un raz-de-marée sur le quai.

– Accroche-toi, Célestine, je monte.

Et il grimpa quatre à quatre les barreaux de l'échelle métallique.

– Par où sont-ils partis ? demandèrent les premiers rats policiers en sautant sur le quai.

– Par là ! dirent tous les témoins en montrant l'échelle.

– Ça y est, Célestine, nous sommes sauvés ! dit Ernest en soulevant la lourde plaque de fonte qui ouvrait sur le monde d'en haut.

Mais...

***

LE LECTEUR : Mais quoi ?

L'AUTEUR : Mais il faut que je me repose un peu. Je vais me faire un café.

LE LECTEUR : Ah ! Non ! Ce n'est pas le moment !

ERNEST : Il a bien droit à son petit café, tout de même ?

CÉLESTINE : C'est vrai. Il a beaucoup travaillé aujourd'hui.

LE LECTEUR : Pas question. Je veux la suite, moi !

ERNEST : Eh bien, tu attendras.

CÉLESTINE : D'autant plus qu'on n'est pas trop pressés, nous, d'avoir la suite.

LE LECTEUR : Ah ! bon ? Pourquoi ?

CÉLESTINE : Parce que, cher Lecteur, ce qui nous attendait dans le monde d'en haut était bien pire que ce qui nous arrivait dans le monde d'en bas.

14

Chapitre bien pire

(Mais si, c'est possible !)

– Oh ! noooooon, soupira Ernest en soulevant la lourde plaque de fonte qui ouvrait sur le monde d'en haut. Célestine, regarde !

Célestine regarda.

– Oh ! noooooon…

La lourde plaque ouvrait juste en face de *La Dent Dure*. *La Dent Dure*, avec son rideau de fer qu'Ernest avait tout chiffonné. Lucienne en larmes montrait son magasin dévasté à cinq ou six policiers d'en haut (des ours blancs, je vous le rappelle).

– Plus une seule dent ! pleurait Lucienne. Ils ont tout pris ! Je suis ruinée !

– Mais non, mais non, répondit l'un des ours blancs, on va les retrouver ! Que voulez-vous qu'ils fassent de toutes ces dents ?

– C'est sûrement Ernest qui a fait le coup, disait un deuxième policier, il faut être complètement fada pour voler des dents !

(« Pourquoi est-ce toujours moi qu'on soupçonne ? se demanda Ernest. Depuis tout petit ! Hein, pourquoi ? Et puis je ne suis pas fada, je suis poète ! ») Mais il fut tiré de sa rêverie par Célestine qui lui murmura à l'oreille :

– Filons par l'autre côté, Ernest. Si on ne fait pas de bruit, ils ne nous remarqueront pas.

Ernest se retourna, pour examiner l'autre côté.

– Oh ! noooooon… Célestine, regarde !

Célestine regarda.

– Oh ! nooooooon !

Ce n'était pas mieux de l'autre côté. De l'autre côté, la plaque ouvrait sur le *Roi du Sucre*. La police, encore. Les ours blancs, toujours. En pleine discussion avec Georges cette fois, pendant qu'un livreur remplaçait ce qu'Ernest avait mangé la veille.

– Il a tout bouffé, ce voleur ! disait Georges, bouillant de rage.

– Absolument tout, confirma le livreur qui faisait des allers-retours entre sa camionnette rouge et la cave de Georges. Je vais mettre la journée à la remplir, votre cave !

– Et il paraît qu'il s'est évadé, en plus ? demanda Georges au chef des ours blancs.

– Oui. Je me demande bien comment il a fait, gronda le chef des ours blancs, on l'avait rudement bien saucissonné pourtant !

– Et, comme je l'ai lu récemment dans un excellent livre, expliqua un deuxième ours blanc, on n'a jamais vu un saucisson s'évader de nulle part !

– Moi, je l'ai toujours dit, Ernest est un ours *très*, *très*, dangereux, dit un troisième ours blanc.

– Attends un peu qu'on le rattrape, il va nous le payer cher, ton ours très, très, dangereux, dit un quatrième ours blanc.

« Ma parole, se dit Ernest, toute la police d'en haut s'est donné rendez-vous ici ! »

Et, à Célestine :

– Tu n'aurais pas pu nous faire sortir ailleurs ?

– Tu crois que j'avais le choix ?

– Qu'est-ce qu'on va faire, Célestine, mais qu'est-ce qu'on va faire ?

– Je ne sais pas, mais il faut le faire vite, Ernest, regarde en bas !

En bas, les rats policiers arrivaient. Très nombreux et tous en même temps. Ils grimpaient à l'échelle.

– Je les vois, chef ! dit le premier rat policier en apercevant les fuyards.

– Il ne suffit pas de les voir, il faut les attraper, imbécile ! répondit le chef qui n'était pas commode.

– La camionnette rouge du livreur ! dit Célestine, c'est la seule solution.

« Elle a raison, pensa Ernest. Pendant que tous ces ours blancs parlent pour ne rien dire, on court vers la camionnette rouge du livreur, je me mets au volant, et si les clefs sont sur le tableau de bord, nous sommes sauvés. Une chance sur mille, mais il faut la tenter. »

– Vas-y Ernest !

– Accroche-toi bien, Célestine !

Célestine jeta ses deux bras autour du cou d'Ernest qui bondit à la surface juste au moment où le premier rat policier l'attrapait par le talon de sa chaussure.

– Zut, raté ! dit le rat policier.

– Eh oui, crétin, raté ! confirma son chef.

Ernest traversait la rue en courant. Il ne voyait que la camionnette rouge.

– Ne tombe pas, Célestine, on y est presque !

Mais Lucienne l'aperçut :

– Regardez ! Là ! cria-t-elle aux ours blancs, c'est Ernest !

– Arrête-toi, Ernest, on t'arrête ! ordonnèrent les ours blancs. Au nom de la loi on t'arrête, arrête-toi !

« Et puis quoi, encore ? » pensa Ernest en grimpant dans la camionnette.

– Regardez, c'est Ernest ! cria Georges en voyant Ernest sauter à la place du chauffeur.

– Nous sommes sauvés, dit Ernest à Célestine, le livreur a laissé les clefs !

Mais non, ils n'étaient pas sauvés.

Pas du tout même.

Parce que le chef des ours blancs s'était jeté devant la camionnette rouge dont le moteur vrombissait.

– Descends de là tout de suite, Ernest !

Le chef des ours blancs, debout devant le pare-brise, les bras largement ouverts, dans son uniforme impeccable, était immense, vraiment impressionnant ! Ernest hésita. « Je ne peux quand même pas l'écraser, ce ne serait ni gentil ni propre. »

Pendant qu'Ernest hésitait, tous les ours blancs encerclèrent la camionnette.

– Coupe le moteur et descends de là immédiatement, Ernest, répéta le chef des ours blancs. Fini de rigoler, tu es cerné, coincé, fichu, foutu, fait comme un rat !

« Il a raison, se dit Ernest, cette fois c'est bien fini. »

Il coupa le contact et le moteur se tut.

– Dommage, soupira Célestine.

C'est à ce moment précis, pendant qu'Ernest voyait son avenir en noir (« Je vais être mis en prison, je ne verrai plus jamais ma petite maison sur la colline bien cachée au fond des bois »), c'est à ce moment précis, pendant que Célestine se demandait ce qu'elle allait devenir toute seule dans le monde d'en haut, qu'un événement nouveau changea complètement la situation.

– Au secours, DES RATS ! hurla soudain Lucienne. Les rats nous envahiiiiiiiissent ! DES MILLIERS DE RAAAAAATS !

C'était vrai ! Les rats policiers venaient de surgir à la surface. Pas des milliers, mais tout de même !

Conséquence ?

Les ours blancs se précipitèrent aussitôt pour repousser cette invasion.

– Attends-nous là, Ernest, on revient tout de suite.

Ours et rats, donc.

Face à face.

Très tendus.

Les ours beaucoup moins nombreux mais beaucoup plus costauds.

On se regarde en silence.

On va sortir les armes.

Le chef des rats policiers est le premier à prendre la parole :

– Du calme, les nounours, dit-il lentement, du caaaaalme, ce n'est pas une invasion, c'est pour une arrestation.

Le chef des ours blancs n'aime pas qu'on le traite de nounours.

– Vous venez arrêter Ernest, les souriceaux ?

Trop tard ! Il est à nous, Ernest. C'est nous qui l'avons arrêté. D'ailleurs, il dépend de notre juridiction.

Le chef des rats n'aime pas qu'on le traite de souriceau.

– Qui parle d'Ernest, ma grosse peluche ? C'est Célestine, qu'on est venu chercher, une dangereuse criminelle de chez nous.

(« Moi, une dangereuse criminelle ? » s'étonne Célestine.)

Le chef des ours blancs ne supporte pas qu'on le compare à une peluche.

– Je ne connais aucune Célestine, mon adorable souris mécanique, vous feriez mieux de reculer sans toucher vos armes et de redescendre gentiment chez vous, sinon…

Personne n'a jamais osé traiter le chef des rats policiers de souris mécanique.

– Sinon, quoi, charmant objet transitionnel ? Qu'est-ce qui va se passer, sinon ? (Là il faut que vous demandiez à quelqu'un de bien informé ce qu'il veut dire par « charmant objet transitionnel ».) En tout cas l'expression déplaît beaucoup au chef des ours blancs qui répond en grondant :

– Comment viens-tu de m'appeler, répugnante expérience de laboratoire ?

Mais cette conversation (de plus en plus difficile à comprendre et qui risque de devenir grossière) n'a absolument aucun intérêt. L'important, dans cette histoire, c'est Ernest et Célestine, n'est-ce pas ? Eh bien, pendant que les policiers du haut et ceux du bas se chamaillaient, Ernest avait tranquillement tourné la clé de contact (tu parles comme on va les attendre !) et la camionnette rouge avait démarré.

Ce fut le livreur, en remontant de la cave de Georges, qui constata sa disparition.

– Tiens, dit-il, on m'a volé ma camionnette rouge.

Il ajouta :

– C'est bête, elle était encore presque pleine.

15

Chapitre un peu plus calme
(Il était temps !)

Ernest et Célestine roulaient tranquillement. Plus personne ne s'occupait d'eux. La police ne les poursuivait pas. Au contraire, les ours blancs fonçaient en sens inverse. Leurs voitures croisaient la camionnette rouge du livreur. Sirènes ! Sirènes ! Ils avaient une envie folle de participer à la conversation avec les rats policiers. Les autres habitants aussi, d'ailleurs. En fait, tous les ours se précipitaient vers le lieu de cette rencontre. Pendant ce temps, la camionnette rouge traversait paisiblement la ville. Célestine la trouvait très jolie, cette petite ville (elle ne l'avait jamais vue que la nuit), surtout les toits de tuiles et les volets de bois. Puis, la camionnette quitta la ville pour grimper la colline, direction la petite maison d'Ernest bien cachée au fond des bois. Célestine admirait le paysage. La ville s'enfonçait dans la vallée. C'était comme si Ernest et Célestine s'envolaient. « Ce serait beau à peindre ! » se dit Célestine. Il se mit à neiger. De gros flocons lourds et pourtant légers. (Elle est comme ça, la neige : lourde légère.) « J'aime la neige, pensa Ernest : beau silence et sommeil profond. » « Je déteste la neige, pensa Célestine : rien à manger et froid aux pattes. » Ernest et Célestine ne se parlaient pas. Ils se reposaient. Ils étaient un peu fatigués tout de même. Chacun rêvait de son côté. Au point que, quand ils arrivèrent devant la petite maison bien cachée au fond des bois, Ernest avait complètement oublié la présence de Célestine. Il gara la camionnette sur le chemin en pente juste devant la maison, et il dit :

– Bonjour, toi ! Je suis rudement content de te revoir !

Célestine faillit lui répondre, mais ce n'était pas à elle qu'Ernest s'adressait, c'était à la petite maison bien cachée au fond des bois.

– Qu'est-ce que tu m'as manqué, dis donc !

Ernest adorait sa maison. Il la contempla longtemps. Célestine la trouva jolie. « Elle sera plus jolie encore quand j'aurai planté des fleurs tout autour », se dit-elle. Finalement, Ernest serra le frein à main et descendit de la camionnette rouge. La camionnette partit aussitôt à reculons sur le sentier en pente.

– Oh là !

Ernest l'immobilisa en glissant un caillou sous sa roue arrière gauche.

– Freins fichus ! dit-il à haute voix, il faudra que je le signale au livreur quand je la lui rendrai.

(Preuve qu'Ernest n'était pas un vrai voleur.)

– Bon, maintenant, au boulot : vider la camionnette, remplir la maison, bien manger, dormir, et voilà.

Il examina le contenu de la camionnette.

– Il y a des friandises pour jusqu'à la fin de l'hiver là-dedans ! C'est bien, ça, très bien, formidable, perfecto, au petit poil, youpi, miam miam et dodo !

Il chargea une demi-douzaine de caisses sur ses larges épaules, grimpa les marches du perron en chantonnant, ouvrit la porte de la petite maison bien cachée au fond des bois, déposa la marchandise dans la cuisine, ressortit, reprit trois ou quatre caisses, remonta les trois marches du perron, redéposa la marchandise dans la cuisine, ressortit…

Et ainsi de suite.

Célestine, qui n'était pas encore descendue de la camionnette, le regardait faire. Elle lui aurait bien donné un coup de main pour décharger, mais il aurait fallu sauter dans la neige. « Pas question, je vais m'enfoncer jusqu'au cou dans ce coton glacé, se dit-elle. Brrrr… Je déteste la neige ! »

Ernest, lui, la neige, il lui parlait !

– Continue de tomber, toi, hein, ne t'arrête pas, surtout ! Fais ton beau travail blanc. Je veux que tu recouvres la camionnette rouge pour que personne ne la voie. Un manteau bien blanc et bien épais sur tout ce rouge, d'accord ?

Célestine appela :

– Ernest !

Ernest ne l'entendit pas. Il était trop occupé à parler tout seul.

– Bonjour, ma petite maison bien cachée au fond des bois, disait-il chaque fois qu'il ouvrait la porte. Au revoir, ma petite maison bien cachée au fond des bois, disait-il en redescendant chercher les provisions.

Il ajoutait :

– N'aie pas peur, je reviens tout de suite.

Célestine souriait en l'écoutant : Rigolo, Ernest, rigolo et pas méchant du tout. Un ours qui parle aussi gentiment à sa maison ne peut pas être un Grand Méchant Ours. Comme il passait à côté d'elle en portant la dernière caisse, elle l'appela plus fort :

– Ernest !

Ernest s'arrêta et la vit, toute souriante debout contre la vitre de la camionnette.

– Ah ! Oui... Célestine...

Il parlait comme s'il se réveillait :
– Eh bien, au revoir, Célestine.
Célestine ne comprit pas :
– Comment ça, au revoir ?
– Ben… Au revoir. Je suis arrivé chez moi.
Célestine ouvrit de grands yeux :
– Et moi, alors ?
Ernest réfléchit quelques secondes :
– Toi ? Je ne sais pas… Moi, j'arrive chez moi, toi tu rentres chez toi !
– Mais Ernest, je n'ai *plus* de chez-moi ! Tu as bien vu qu'ils m'ont chassée ! Maudite, même !
Ernest fronça les sourcils :
– Célestine, tu m'as libéré, en échange je t'ai rendu le plus grand service du monde, maintenant nous sommes quittes ! C'est bien ce qu'on avait dit quand j'ai posé le sac devant la *Clinique Blanche* ? Et tu étais d'accord. Donc, nous sommes quittes.
Comme Célestine en restait muette, il conclut :
– Allez, adieu, Célestine.
Et il monta les trois marches de la petite maison bien cachée au fond des bois.

16

Ça ne se passera pas comme ça

(Avec Célestine ça ne se passe jamais comme ça.)

Ernest fut stupéfait de voir Célestine lui barrer le passage devant la porte de sa maison. Une seconde plus tôt, elle était dans la camionnette à ne pas vouloir se geler les pattes et maintenant elle était là. Comment avait-elle pu faire si vite ? Mystère.

– Nous sommes quittes, nous sommes quittes, dit Célestine… la situation a changé, Ernest ! Ce n'est plus du tout pareil !

Quand Ernest l'enjamba sans répondre et qu'il ouvrit la porte, elle voulut le suivre dans la maison.

– Stop ! fit Ernest en se retournant. Pas de souris dans une maison !

Et il lui ferma la porte au nez.

***

LE LECTEUR : Tu as fait ça, Ernest ? C'est absolument dégoûtant !

ERNEST : Toi, occupe-toi de tes oignons !

CÉLESTINE : Oui, c'est une affaire entre nous.

LE LECTEUR : Mais enfin, Célestine, tout de même, après tout ce que vous veniez de vivre ensemble, qu'il ne te laisse même pas entrer dans la petite maison bien cachée au fond des bois, c'est vraiment…

ERNEST : Eh ! L'Auteur, pourrais-tu dire à ton Lecteur de se mêler de ce qui le regarde ?

L'AUTEUR : Je ne peux pas, Ernest, le Lecteur lit comme il veut, il…

CÉLESTINE : Dis-lui au moins de ne pas *interrompre* l'histoire !

L'AUTEUR : Ah ! ça, c'est faisable. S'il vous plaît, cher Lecteur, pourrions-nous reprendre l'histoire où vous l'avez interrompue ?

Une fois à l'intérieur de sa petite maison bien cachée au fond des bois, Ernest enleva son manteau et ses grosses godasses pour enfiler sa robe de chambre et ses chaussons. Il poussa un profond soupir de satisfaction, puis il sortit une casserole, la posa sur la cuisinière…

– Il faut qu'on parle, Ernest.

Célestine était assise devant le poêle. Elle était entrée par le conduit de la cheminée.

– Ernest, il faut…

– Rien du tout ! Pas de souris dans une maison, Célestine, jamais !

– Mais…

– Pas de mais non plus.

Et il la remit dehors.

***

LE LECTEUR : Ah ! non ! C'est vraiment…

L'AUTEUR : S'il vous plaît, cher Lecteur…

***

Maintenant, Ernest chantonnait en se cuisinant une petite mousse au chocolat.

– Ernest, sérieusement, il faut qu'on parle, dit Célestine qui était revenue par le trou de l'aération.

– Pas de souris dans une maison, Célestine ! Je te l'ai déjà dit ! Jamais ! Tu en acceptes une, il en vient cent. Vous êtes comme ça vous autres, tous les ours te le diront !

Cette fois, Ernest jeta Célestine par la fenêtre.

***

LE LECTEUR : Quoi ? Par la fenêtre ? Célestine ! Jetée ! Avec toute cette neige dehors, dont elle a horreur ! C'est monstrueux !

L'AUTEUR : S'il vous plaît, cher Lecteur…

LE LECTEUR : Ne me dites pas que vous ne trouvez pas ça monstrueux ?

L'AUTEUR : Laissez-moi raconter ! Ou alors, lisez une autre histoire !

ERNEST : C'est vrai quoi, à la fin…

***

Le chocolat commençait à faire des bulles dans la casserole. *Floc, floc,* très jolie musique pour les narines d'Ernest. « Voyons, se demandait Ernest, et si j'y ajoutais un zeste de citron ? »

– Coucou, Ernest !

C'était Célestine ! Par où était-elle entrée cette fois ? Même moi je suis incapable de vous le dire.

Ernest en laissa tomber sa cuiller de bois.

– Impossible de se débarrasser d'une souris, Ernest, déclara Célestine en lui rendant la cuiller, ça aussi tous les ours te le diront. À moins de la tuer, bien sûr !

Et Célestine se planta sur la fenêtre, juste en face d'Ernest, pour le regarder dans les yeux :

– Tu veux me tuer, Ernest ? Avec un balai c'est impossible, je suis beaucoup trop rapide. Alors, tu peux utiliser le vieux truc des tapettes à souris, c'est pas facile non plus, on ne s'y laisse plus prendre, depuis le temps, tu penses ! Tu as aussi le poison mais les poisons, je les connais tous par cœur, c'est ce qu'on nous apprend à l'école. Reste la plaquette collante. Très cruel, ça, la plaquette collante ! La pauvre souris marche dessus et ses quatre pattes restent collées. Rien à faire. Elle ne peut plus bouger. Alors son cœur se met à battre si vite qu'il explose. C'est ça que tu veux, Ernest ? TU VEUX ME FAIRE EXPLOSER LE CŒUR ?

Là tout de même, Ernest se sentit un peu gêné.

– Non, Célestine, bien sûr que non, mais un ours et une souris, dans une même maison, ça ne peut pas… enfin, c'est pas…

– C'est pas quoi, Ernest ? C'est pas convenable ? Ça ne se fait pas ? Les ours en haut et les souris en bas ? C'est ça ?

– Eh bien oui, depuis toujours c'est comme ça…

– D'accord, Ernest. Tu as une cave ?

– Bien sûr, oui, j'ai une…

– Montre-la-moi, juste pour voir.

Ernest ouvrit la trappe qui menait à la cave.

– Très bien, ça me va, elle est parfaite ta cave, dit Célestine. Moi à la cave et toi en haut, d'accord ?

Avant qu'Ernest ait pu répondre elle lui avait chipé sa plaquette de chocolat et avait disparu dans la cave.

– Et tu restes en haut, hein, Ernest ! Je ne veux pas te voir à la cave. Les ours en haut, les souris en bas, c'est comme ça depuis toujours !

Cette fois, Ernest explosa :

– C'est toi qui restes en bas, Célestine ! Je ne veux ni te voir ni t'entendre, c'est compris ? Je…

Il en aurait dit beaucoup plus si une affreuse odeur de chocolat brûlé ne l'avait interrompu :

– Zut, ma mousse !

Il courut vers la cuisinière.

17
À la cave
(La mémoire de la maison.)

Une cave, c'est la mémoire de la maison. Ce n'est pas seulement plein de choses dont on ne se sert plus, c'est aussi plein de souvenirs qu'on ne veut pas oublier. En tout cas, c'était ça, la cave d'Ernest.

***

CÉLESTINE : Tu as raison, l'Auteur, c'est dans la cave d'Ernest que j'ai commencé à faire vraiment sa connaissance.

L'AUTEUR : Ah bon ? Raconte, ça m'intéresse.

CÉLESTINE : La première chose que j'ai remarquée, c'était les portraits. Il y avait plein de tableaux sur les murs ou posés par terre. Des portraits anciens. Ils représentaient tous le même genre d'ours. Avec des bonnets carrés et des manteaux rouges. Aussi impressionnants que le juge Grizzly dans le magasin de Lucienne.

ERNEST : Parce que c'étaient des juges, justement. Toute ma famille. Mon papa, le papa de mon papa, mes tontons, les tontons de mes tontons, mes cousins, tous juges ! Ils adorent se faire peindre avec leur robe et leur perruque, les juges.

L'AUTEUR : Qu'y avait-il d'autre, dans la cave d'Ernest ?

CÉLESTINE : Un nombre incroyable de pots de miel vides. Mais vraiment vides, hein ! Vides de chez vide ! Une quantité énorme.

ERNEST : Un pot de miel vide, pour un ours, c'est forcément un bon souvenir. Je n'aime pas jeter les pots de miel !

LE LECTEUR : Excusez-moi d'intervenir, cher Auteur, mais ça va durer longtemps ? Non, je vous pose la question parce que moi, les descriptions, je n'aime pas beaucoup ça…

ERNEST : Tu n'as qu'à sauter le chapitre !

CÉLESTINE : Ernest, ne sois pas désagréable avec le Lecteur, tu veux ?

ERNEST : Écoute, il n'est jamais content. Tout à l'heure on voulait qu'il saute un chapitre abominable, il a refusé, et maintenant qu'on lui fait un joli chapitre de description, il veut le sauter.

LE LECTEUR : Je n'ai jamais dit que je voulais le sauter !

ERNEST : Tu allais le dire !

L'AUTEUR : Continue, Célestine, qu'y avait-il d'autre, dans la cave d'Ernest ?

CÉLESTINE : Énormément de poussière.

L'AUTEUR : Comme dans toutes les caves. À part ça ?

CÉLESTINE : Une petite table bancale, deux chaises en paille, quelques chandelles, une vieille armoire à glace, mais ce que j'ai préféré, c'étaient les beaux habits. Des malles remplies de beaux habits ! Des habits de soie, des robes chatoyantes, des costumes de toutes les époques, des chapeaux à plumes, des mocassins de danse, des masques, pour les grands et pour les petits, des petits masques d'ourson ; j'en ai essayé un, il m'allait très bien. Je me suis trouvée plutôt mignonne en oursonne !

ERNEST : C'étaient des accessoires de théâtre. Ma grand-mère aimait beaucoup ça, le théâtre, la danse, la musique... C'était l'artiste de la famille. Quand j'étais petit, je faisais venir mon copain Boléro et toute la bande. On se déguisait et on jouait des pièces de théâtre pour elle. En cachette. Quand les juges n'étaient pas là. On montait des orchestres aussi !

CÉLESTINE : À propos de musique, il y avait plein de vieux instruments déglingués : un tambour crevé, deux guitares détendues, un accordéon essoufflé, trois harmonicas rouillés, un piano sans touches, une harpe à une seule corde, un violon sans archet…

ERNEST : Ils attendent que je les répare. Je les recueille à la maison, tous ces instruments abandonnés, et puis je les répare. Un instrument de musique, c'est fait pour faire de la musique, ça ne se jette pas !

LE LECTEUR : Bon, c'est bientôt fini, oui ? Des portraits de famille, des pots de miel vides, des déguisements, une armoire à glace, deux chaises, une table, des chandelles, un orchestre fantôme, une tonne de poussière, elle est pleine, cette cave, maintenant, non ? Célestine, il y avait quelque chose d'autre dans cette cave ?

CÉLESTINE : …

L'AUTEUR : …

ERNEST : …

LE LECTEUR : Quelque chose d'autre, Célestine ?

CÉLESTINE : Oui, il y avait…

ERNEST : …

L'AUTEUR : …

LE LECTEUR : Quoi ? Qu'est-ce qu'il y avait encore ?

CÉLESTINE : La solitude.

18

La solitude

(Célestine, seule souris au monde.)

Oui, après avoir passé le reste de la journée à se déguiser, après avoir essayé le piano muet, après avoir fait sonner la corde unique de la harpe, après avoir mis la table avec une jolie nappe, après avoir grignoté un carré de chocolat à la lueur des chandelles, après s'être fait un hamac d'une belle robe rouge, après s'y être couchée en regardant le plafond,

Célestine, tout à coup, se sentit seule.
Si seule,
si loin de chez elle,
tellement abandonnée au fond de cette cave
que son cœur
son cœur prit toute la place dans sa poitrine
et que les larmes
les larmes commencèrent à monter…

Vous savez, quand elles montent, les larmes, et qu'on essaye de les retenir…

Non, je ne pleurerai pas !
Il vaut mieux que je dorme.
Il faut que je dorme.
Pour oublier que je suis seule.
Et Célestine s'endormit.
Mais elle se réveilla très vite ! Car au-dessus de sa tête, Ernest, lui, ne dormait pas du tout. Ernest faisait de la musique. De la musique à la Ernest. Il tapait sur son piano (il y avait un deuxième piano en haut), sur son tambour, sur ses cymbales, sur ses casseroles, ses verres, ses assiettes, sur le tuyau du poêle, sur des tas d'autres choses, et son pied battait la mesure sur le plancher. *Boum-Boum ! Boum-Boum !* Célestine se boucha les oreilles, avec ses doigts d'abord, avec du coton ensuite, puis elle mit un oreiller sur sa tête, deux oreillers, rien à faire : *Boum-Boum ! Boum-Boum !* Elle se leva, cogna avec un balai au plafond, aucun effet. Ernest n'entendait pas. Elle se recoucha en ronchonnant contre le voisin du dessus. *Boum-Boum ! Boum-Boum !* Jusqu'à ce que ce que…
soudain…
Plus rien.
Silence.
Célestine souleva oreillers et traversin : silence, oui. Célestine retira le coton de ses oreilles :

silence bel et bien. Ernest s'était endormi. Enfin ! Pas trop tôt !

Mais, dans le silence revenu…

Tout ce silence…

Le silence profond de la cave…

Très vite…

Célestine se sentit affreusement seule.

Tellement seule

qu'elle se croyait la seule souris au monde !

Ils m'ont tous abandonnée.

Personne ne m'aime.

Qu'est-ce que je fais dans cette cave ?

Et son cœur

son cœur prit toute la place dans sa poitrine

et les larmes

les larmes commencèrent à monter…

Vous savez, quand elles montent,

les larmes,

et qu'on essaye de les retenir…

Non, non, non !

Je ne pleurerai pas !

Pas question que je pleure !

Pas moi !

Je suis Célestine !

Mieux vaut dormir.

Il faut que je dorme.

Je vais me rendormir !

Ça y est, je me rendors.

Je dors !

Et c'était vrai, Célestine s'était rendormie.

Pour se réveiller très vite ! Qu'est-ce qui se passe ? Qu'est-ce que c'est que ça, encore ? Son hamac se balançait tout seul. Au secours, mon hamac se balance ! Et toute la cave tremblait ! Les juges dans leurs cadres tremblaient. Les bougies tombaient de la table qui dansait sur ses pieds. La porte de l'armoire à glace s'ouvrait et se refermait toute seule. Les cordes des instruments résonnaient. Le hamac se balançait de plus en plus. Les toiles d'araignée libéraient leur poussière. Mais qu'est-ce qui se passe ? Célestine s'agrippait de toutes ses forces à son hamac qui se balançait de plus en plus. Une de ces peurs ! Et voilà qu'un grondement sourd accompagnait les tremblements... un de ces grondements... comme si la maison était tombée dans l'estomac d'un ogre ! Et tout à coup Célestine comprit : « C'est un tremblement de terre ! La maison va s'effondrer sur ma tête ! Je vais être écrasée dans cette cave ! Personne ne me retrouvera ! Il faut sortir de là, vite, vite ! Sauter de mon hamac et m'enfuir ! » Panique totale. Célestine sauta du hamac, elle se mit à courir dans tous les sens comme n'importe quelle souris affolée. Jusqu'à ce qu'une voix ferme retentisse en elle, une voix qu'elle connaissait très bien, la voix de l'autre Célestine :

CÉLESTINE 2 : Arrête, Célestine ! Calme-toi ! Tu n'es pas n'importe quelle souris affolée, quand même ! Tu es Célestine ! Calme-toi et réfléchis un peu.

CÉLESTINE 1 : Réfléchir, je voudrais t'y voir, toi ! Tu ne vois pas que tout tremble ? Tu n'entends pas ce grondement ? C'est un tremblement de terre, je te dis ! Ça fait ce bruit-là les tremblements de terre avant que les maisons ne s'écroulent !

CÉLESTINE 2 : Écoute-le *vraiment* ton tremblement de terre au lieu de dire n'importe quoi. Tu as remarqué qu'il s'arrête et qu'il recommence ?

CÉLESTINE 1 : Tiens, c'est vrai, ça !

CÉLESTINE 2 : Ça ne te fait pas penser à une respiration ?

CÉLESTINE 1 : Maintenant que tu le dis... Peut-être, oui...

Célestine tendit l'oreille. Célestine regarda le plafond. Bien sûr ! Elle escalada en silence les marches qui menaient à la trappe... Elle écouta attentivement... Mais oui... C'était Ernest ! Ernest qui ronflait ! Célestine souleva doucement la trappe. C'était bien ça ! Ernest dans son lit à baldaquin, ses couvertures remontées jusqu'au menton, un bonnet sur la tête, ronflait comme un volcan ! Tout vibrait autour de lui ! Son grand lit dansait sur place !

***

L'AUTEUR : Je ne savais pas que tu ronflais, Ernest.

ERNEST : Je ronfle… très légèrement… Seulement quand j'ai bien mangé…

CÉLESTINE : J'ai un truc contre les ronflements.

LE LECTEUR : Ah oui ? Lequel ?

CÉLESTINE : Un truc que j'ai appris à l'orphelinat, au dortoir. Je suis montée sur le lit d'Ernest et j'ai soufflé dans ses narines. Il a tordu le museau, sa langue a fait *clap, clap*, il a froncé les sourcils, et il s'est arrêté de ronfler.

LE LECTEUR : Ensuite, tu es redescendue à la cave ?

CÉLESTINE : Pas tout de suite. Comme je n'avais pas sommeil, j'ai allumé des bougies, je me suis installée tranquillement avec mes pinceaux et mes couleurs devant Ernest qui continuait de dormir et j'ai fait son portrait. Sur un drap que j'ai punaisé aux montants de son lit. Mon premier vrai tableau : *Ernest endormi dans son lit à baldaquin* ! Un portrait à la gouache. Grandeur nature. Très ressemblant ! Une fois fini, je l'ai laissé là, tendu entre les montants du lit, juste en face de lui, pour qu'il le voie à son réveil. Alors seulement, je suis redescendue me coucher dans mon hamac. Ça m'avait pris du temps, ce portrait. Il était très tard. Cette fois, j'avais vraiment sommeil.

***

Sauf qu'une chose terrible attendait Célestine dans son sommeil... Une chose bien plus bruyante que la musique d'Ernest et bien plus effrayante qu'un tremblement de terre. C'était un cauchemar ! Le cauchemar de la solitude. Ça se passait dans le monde d'en bas. Célestine courait... Elle était poursuivie par toutes les souris du monde. « Dehors ! Célestine, dehooooooors ! » La Grise en tête : « Maudiiiiiiiiiiite, Célestine, maudiiiiite ! » Célestine courait mais ne trouvait pas la sortie. C'était un cauchemar sans porte ni fenêtre. Un cauchemar sans sortie de secours, sans le plus petit trou de souris pour s'échapper. Célestine courait mais n'avançait pas. Les murs ne défilaient pas à côté d'elle. Elle courait sur place ! Elle n'avançait pas d'un millimètre... Il fallait qu'elle se sauve, pourtant, vite, vite, la Grise la poursuivait et, derrière la Grise, toutes les souris du monde : « Maudiiiiiiiiiiite, Célestine, dehoooooooors ! » Et la Grise se rapprochait ! Et la Grise la rattrapait ! Et la Grise, tout à coup, fit un bond immense, s'éleva dans les airs et retomba sur Célestine, comme une chauve-souris géante !

– AAAAAAAAAAAAAH !

19

Le jour où Ernest et Célestine devinrent vraiment les plus grands amis du monde

(C'est comme un autre commencement.)

– AAAAAAAAAAH !

Non, ce cri-là ce n'était pas le cri de Célestine, c'était celui qu'avait poussé Ernest en se réveillant. Son sang se glaça. Ses poils se hérissèrent sous son bonnet de nuit. La terreur le paralysa. IL Y AVAIT UN AUTRE OURS DANS SON LIT ! Là ! Juste en face de lui ! Un ours avec un bonnet de nuit pareil au sien. Qui dormait à poings fermés ! Qui c'est, celui-là ? Qu'est-ce qu'il fait là ? Par où est-il entré ? Qu'est-ce qu'il me veut ? Alerte !

…

Ernest se frotta les yeux. Il lui fallut quelques secondes pour comprendre que ce n'était pas un ours en poil et en os. C'était un tableau ! Punaisé aux montants du lit à baldaquin ! Un tableau qui représentait Ernest lui-même ! Très ressemblant, d'ailleurs. Aussi ressemblant que si Ernest se regardait dans un miroir. Ça, c'est une farce de Célestine ! C'est elle qui a peint ça ! Je lui avais pourtant dit de rester à la cave ! Nom d'un ours, elle va me le payer ! En plus elle m'a pris un drap tout neuf pour peindre dessus ! Fichu, le drap ! Quel culot ! Je vais descendre à la cave ! Elle va voir ce qu'elle va voir ! Ah ! Ça, elle va m'entendre ! Ma robe de chambre et mes chaussons, vite !

Mais, juste comme il ouvrait la trappe :

– AAAAAAAAAAH !

Cette fois, c'était le cri de Célestine ! Il monta jusqu'à Ernest et envahit toute la petite maison bien cachée au fond des bois.

– AAAAAAAAAAH !

Célestine était assise dans son hamac, raide de peur, à pousser ce cri sans fin, la bouche grande ouverte, les bras tendus devant elle, comme si elle essayait d'échapper à une menace épouvantable.

C'était si triste à voir qu'Ernest sauta les dernières marches, courut vers Célestine, la sortit de son hamac et la serra contre son cœur.

– Oh ! là, petite Célestine ! Réveille-toi ! Ce n'est qu'un cauchemar ! Rien qu'un méchant cauchemar !

Célestine se réveilla, mais, dès qu'elle vit Ernest, elle le repoussa de toutes ses forces.

– AAAAAAAAAAAAAAH ! NOOOOOOOOOOON !

Ernest éclata de rire :

– Eh, oh, Célestine, ce n'est pas moi le cauchemar ! Moi, c'est Ernest ! Tu te souviens ? Ernest ! La poubelle, la confiserie, *La Dent Dure*, la *Clinique Blanche*, la cavalcade, la camionnette rouge, la petite maison bien cachée au fond des bois, tout ça... C'est moi, ton ami Ernest ! Tu ne risques rien, je suis là. Réveille-toi, Célestine !

Alors seulement, Célestine se réveilla vraiment.

Dans les bras d'Ernest.

Qui la berçait comme un bébé.

– Voilà, c'est fini, voilààààà.

Célestine le regarda. On eût dit qu'elle réfléchissait... Et tout à coup elle se mit à pleurer. Mais à pleurer... Elle pleura comme jamais elle n'avait pleuré... Une rivière.

– Ernest, je suis maudiiiiiiiite... Je suis maudiiiiiiiite, Ernest !

– Maudite ? Qu'est-ce que c'est que ces bêtises ?

– Ils m'ont chassée ! Personne ne m'aime, je suis seule au monde...

Ernest la tenait à bout de bras maintenant. Il la regarda droit dans les yeux :

– Comment ça, personne ne t'aime ? Et moi, alors ? Je compte pour du beurre ?

– Je n'ai plus de chez-moi, Ernest, je...

– Comment ça, plus de chez-toi ? Et chez moi, ce n'est pas chez toi, peut-être ? Chez moi, c'est chez toi, Célestine !

Mais quand on pleure on pleure :

– Ils veulent que je sois dentiiiiiiste !

Ici, Ernest la reposa délicatement dans son hamac.

– Attends un peu que je te montre quelque chose !

Il sortit de sa robe de chambre le grand portrait que Célestine avait fait de lui, il le déplia, le tendit bien en face d'elle et demanda :

– C'est toi qui as peint ça ?

Célestine fit oui de la tête, timidement. (Elle s'attendait tout de même à se faire gronder.)

– Mais c'est un chef-d'œuvre, Célestine ! Bien sûr, le modèle était exceptionnel, mais le tableau est très réussi ! Exactement moi ! Très ressemblant ! Une merveille ! Et je m'y connais ! Tu as vu ces couleurs ? Une Célestine qui sait faire ça ne sera jamais seule au monde ! Et elle ne sera jamais dentiste ! Tu es une grande artiste, Célestine ! Peut-être le plus grand peintre du futur ! Ce tableau est MA-GNI-FI-QUE !

ERNEST : Qu'est-ce que tu en penses, l'Auteur, il n'est pas magnifique, ce tableau ?

L'AUTEUR : Oui, c'est un joli tableau.

ERNEST : Joli ? Ce tableau n'est pas *joli*, il est extra-or-di-naire ! Un chef-d'œuvre ! Regarde-le mieux ! Regarde-le vraiment !

CÉLESTINE : Fiche-lui la paix, Ernest !

ERNEST : Non, Célestine, je me demande s'il a si bon goût que ça en peinture, notre auteur. Regarde encore ce tableau, l'Auteur, et dis-moi *sincèrement* ce que tu en penses.

L'AUTEUR : Un chef-d'œuvre, Ernest. Comme tous les tableaux de Célestine, d'ailleurs !

ERNEST : Et ses dessins ? Tu n'aimes pas ses dessins ? Qu'est-ce que tu penses de ses dessins ?

CÉLESTINE : Ernest…

L'AUTEUR : Très, très beaux aussi ! Tous ses dessins ! Plus réussis les uns que les autres !

ERNEST : Et ses aquarelles ? Tu as remarqué la délicatesse de ses aquarelles ?

L'AUTEUR : Je n'en ai jamais vu d'aussi délicates !

ERNEST : Quand tu penses qu'ils voulaient qu'elle soit dentiste, en bas… C'est comme dans ma famille ! Ils voulaient que je sois juge, dis donc ! Moi, juge ! Tu te rends compte ? Avec toutes les chansons que j'avais dans la tête ! Mais c'était comme ça dans ma famille, il fallait que tout le monde soit juge. « Va chanter tes chansons ailleurs, Ernest, tu nous casses les oreilles ! Ce n'est pas de chanteurs dont on a besoin, c'est de juges ! » À propos, l'Auteur, qu'est-ce que tu penses de ma musique ?

L'AUTEUR : J'adore !

ERNEST : Ah bon ? C'est vrai ? Alors tu as meilleur goût que je le croyais. Tu es un écrivain raffiné, au fond. Si, si ! Je le pense sincèrement !

L'AUTEUR : Merci, Ernest. Tu n'es pas mal non plus comme personnage.

LE LECTEUR : Eh ! Oh ! C'est pas bientôt fini tous ces compliments ? Et mon histoire, alors, elle s'est arrêtée ?

ERNEST : Pardon ?

LE LECTEUR : Mon histoire, elle est en panne ?

ERNEST : Pouvez-vous me rappeler qui vous êtes, exactement ?

CÉLESTINE : C'est le Lecteur, Ernest !

ERNEST : Qui ça ?

LE LECTEUR : Arrête Ernest, tu sais très bien qui je suis. Je suis le Lecteur ! Celui qui veut savoir ce qui se passe *après*.

20

Après

(Le bonheur.)

Il paraît que le bonheur ne se raconte pas. Il paraît que c'est très ennuyeux, le bonheur. Il paraît qu'il ne se passe rien chez les gens heureux. Ils sont heureux et puis c'est tout. Comme si le temps s'était arrêté. Rien à raconter, à ce qu'on dit. Je ne suis pas de cet avis. Mais alors pas du tout ! Je pense même que si on devait raconter tout le bonheur d'Ernest et Célestine il faudrait des milliers de pages. Parce que le bonheur c'est à la fois immense et minuscule. Pour décrire l'immense bonheur d'Ernest et Célestine, c'est facile, il suffit d'une phrase : « Ernest et Célestine étaient immensément heureux. » Voilà, c'est fini. Mais pour décrire les mille et un petits bonheurs de ce bonheur immense, alors là, il faudrait un énorme livre ! Faisons une liste, rien que pour vous en donner une idée :

1) Le bonheur de Célestine à quitter la cave pour s'installer en haut, chez Ernest. Pas facile à

expliquer quand on sait ce que les souris pensent des ours ! Au moins 100 pages !

2) Le bonheur d'Ernest à répéter dix fois par jour : « Chez moi, c'est chez toi, Célestine ! C'est chez toi, chez moi ! » Pas facile à expliquer non plus. Surtout quand on sait à quel point les ours ont horreur de voir une souris dans leur maison ! Au moins 100 autres pages !

3) Le bonheur de Célestine d'installer son hamac dans la cuisine d'Ernest, d'être réveillée par les premiers rayons du soleil et de se débarbouiller dans l'évier, 200 pages de descriptions, au moins ! Parce que Célestine adore tout dans la cuisine d'Ernest : les fenêtres à petits carreaux, leurs rideaux de dentelle, la vieille cuisinière avec ses torchons qui pendent à la poignée du four, les casseroles, tout... Et elle adore tout dans le reste de la maison. Y compris le désordre d'Ernest. Ah ! Le désordre d'Ernest : facilement 1 000 pages !

4) Le bonheur d'Ernest à fabriquer un véritable atelier de peintre pour Célestine : le chevalet avec le bois d'un vieil escabeau, les toiles avec des draps bien blancs, les cadres avec ceux des juges, les pinceaux en poil d'ours, la palette dans l'abat-jour de porcelaine qui pend au plafond de la cuisine... Allez, 50 pages !

5) Le bonheur de Célestine à préparer le petit déjeuner d'Ernest :

– Mais c'est qu'il grogne, le Grand Méchant Ours ! C'est qu'il est en train de se réveiller ! Il lui faut son petit déjeuner tout de suite ! Sinon il serait capable de manger une souris, le Grand Méchant Ours !

– Parfaitement ! Avec ses chaussures, son manteau et son sac à dos. Couic ! Hop ! Miam miam ! Gloups ! Prout ! Et dodo.

(S'ils sont en forme ces deux-là, 50 ou 60 pages de dialogues.)

6) Le bonheur de Célestine à peindre Ernest au piano, Ernest au violon, Ernest à l'accordéon, Ernest à la batterie, Ernest jouant du clairon, Ernest faisant la vaisselle, Ernest à table avec son ami Boléro (Boléro vient les voir quelquefois, surtout quand il a faim), Ernest et Célestine dînant aux chandelles, les autoportraits de Célestine, Célestine déguisée en oursonne grâce aux petits masques qu'elle a trouvés à la cave... Je n'ose pas compter le nombre de pages pour décrire tous ces chefs-d'œuvre.

7) Le bonheur d'Ernest à écrire des chansons pour Célestine. Là non plus, je ne compte pas. Un nombre incroyable de chansons !

8) Le bonheur de leurs disputes :

– Arrête de bouger, Ernest, mon tableau va être flou.

– Je ne bouge pas, je me gratte.

– Si tu te grattes, c'est que tu bouges !

– Tu n'as qu'à appeler ton tableau *Ernest flou parce qu'il est en train de se gratter* !

Ils sont capables de se disputer pendant 125 pages, rien que pour le plaisir.

9) Le bonheur d'Ernest et Célestine le jour où elle décida de le peindre en Grand Méchant Ours :

– Un peu plus féroce, l'expression, Ernest, je veux voir tes dents ! La babine retroussée, les mâchoires terribles, l'air vraiment méchant, voi-làààà ! C'est bien !

Bref, il faudrait des milliers de pages pour décrire le bonheur d'Ernest et Célestine, parce que chaque seconde de leur amitié était une seconde de bonheur.

Un bonheur inquiet, parfois. Comme le jour où Ernest est tombé malade.

21

La maladie d'Ernest
(Alerte !)

C'était justement arrivé le jour où Célestine faisait le portrait d'Ernest en Grand Méchant Ours. Il posait depuis plusieurs heures, mâchoires grandes ouvertes, babines retroussées, toutes dents dehors, grimace épouvantable, bras levés, griffes crochues, les yeux comme des billes de feu. Effrayant ! Tout à fait l'image que Célestine se faisait du Grand Méchant Ours quand elle était petite. Sauf qu'elle n'en avait plus du tout peur à présent. Au contraire.

– Formidable ! Ce sera mon meilleur portrait de toi !

Elle ajouta :

– Si tu arrêtes de bouger ton museau.

– Ce n'est pas ma faute, Célestine, il me chatouille, il…

– Ne bouge pas, Ernest, j'ai presque fini !

– Je ne peux pas… j'ai envie de… il faut que je… attention je vais…

Cinq minutes qu'Ernest luttait contre l'envie d'éternuer. Vous savez, cette explosion du nez qu'on essaye de retenir, mais rien à faire… Ça vous chatouille… Ça monte, ça monte… votre front se plisse… vos yeux se ferment… vos poumons se gonflent… les larmes vous viennent…

– Attention, Célestine… Aaaat… je vais… Aaaat…

Et, tout à coup :

– AAAAAAAAATCHOUM !

Le chevalet valdingua, la toile s'envola, Célestine roula jusqu'au milieu de la cuisine, les portes et les fenêtres s'ouvrirent, la neige tomba du toit, une famille de marmottes se réveilla en sursaut et trois corbeaux s'envolèrent en rouspétant dans le ciel d'hiver.

Quand l'ouragan fut passé, Ernest resta debout, tout penaud, grelottant de la tête aux pieds.

– Mais tu as la fièvre, Ernest !

Ernest ne pouvait pas répondre tellement il claquait des dents.

– Allez, au lit, tout de suite !

Célestine, encore étourdie, referma la porte et les fenêtres, poussa Ernest vers son lit et le força à se coucher.

– Température !

Le thermomètre explosa.

– De l'eau, vite, il faut que tu boives beaucoup !

À peine bue, l'eau s'évapora par les oreilles d'Ernest.

– J'ai froid, Célestine.

Il était bouillant de fièvre mais il claquait des dents ! Couvertures, édredons, couvre-lit.

– Il faut que tu transpires, Ernest.

– J'ai trop froid, Célestine !

Encore des couvertures,
la robe de chambre par-dessus les couvertures,
le manteau par-dessus la robe de chambre,
le tapis par-dessus le manteau.

– Tu as moins froid, comme ça ?

Mais Ernest ne répond pas. Ernest s'est endormi. Ou plutôt il est tombé dans le sommeil. Il tombe en tourbillonnant. C'est comme s'il se voyait de loin. Il devient de plus en plus petit. Il tombe pendant des années. Il redevient l'ourson de son enfance. Un petit ourson malade. Mais qu'est-ce que tu as, Ernest ? Ouvre la bouche… tire la langue… montre-nous ta gorge… Fais aaaaaaah ! Oh ! là, là ! vous avez vu ses dents ? Quelles dents horribles, cet ourson ! Assieds-toi, Ernest, on va te soigner. D'abord, il faut qu'on t'attache. Voilà. Un ourson attaché sur un siège de dentiste. Où suis-je ? se demande Ernest. Qu'est-ce que c'est que cette grande porte ? Mais c'est la porte de la *Clinique*

Blanche ! Je suis dans le monde d'en bas ! La porte s'ouvre alors comme une bouche affamée ! La *Clinique Blanche* avale Ernest ! Des voix s'élèvent autour de lui : « Je crois qu'il faut arracher cette dent-ci », dit une voix toute douce… « Celle-là aussi », dit une autre voix… « Cette autre également », dit une troisième… « Et si on les arrachait toutes ? » propose le Grand Dentiste. « C'est ça, arrachons toutes les dents du Grand Méchant Ours ! » crie la voix de la Grise ! Un cauchemar ! Je suis tombé dans un cauchemar ! Il faut que je me réveille ! Mais Ernest ne peut pas se réveiller, il est attaché dans ce fauteuil. Le Grand Dentiste est penché sur lui avec ses instruments étincelants. « Ça va faire mal ? » demande Ernest. « Bien sûr », répond le Grand Dentiste. « Atrooooocement mal ! » ricane la Grise.

– NOOOOOOOOOOON !

Ernest se réveilla en criant.

Célestine était assise à côté de lui.

La petite lampe de chevet projetait l'ombre de Célestine sur le mur. Une ombre immense et déformée.

– AAAAAAAAAH !

– Du calme, Ernest, ce n'est pas moi, le cauchemar ! Moi, c'est Célestine. Tu te souviens ? Célestine, la poubelle, la confiserie, le fourgon de police, ton évasion, *La Dent Dure*, tout ça… Ton amie Célestine ! Tu ne risques rien, je suis là. Allez, réveille-toi !

Célestine avait préparé un grand bol de chocolat. Elle le posa juste sous le nez d'Ernest.

– Tu as dormi trois jours, Ernest ! Maintenant, il faut que tu manges.

Ce que ça sent bon, le chocolat, tout de même… Surtout quand on se réveille… Ah ! l'odeur du chocolat quand on se réveille !

– Célestine, murmura Ernest une fois réveillé pour de bon, je ne veux pas que tu sois dentiste.

– Ça tombe bien, moi non plus. Allez, reste couché, il faut que tu guérisses. Repos, chaleur, silence, sinon… le Grand Dentiste !

***

LE LECTEUR : Mais qu'est-ce que vous avez contre les dentistes, à la fin ?

ERNEST : Rien du tout. Pourquoi, tu es dentiste ?

LE LECTEUR : Non, mais je trouve idiot de faire peur aux enfants avec les dentistes.

ERNEST : On ne fait pas peur aux enfants !

LE LECTEUR : Bien sûr que si ! Plus un seul enfant ne voudra aller chez le dentiste après avoir lu des horreurs pareilles !

CÉLESTINE : Tu as lu *Blanche-Neige*, quand tu étais petit ?

LE LECTEUR : Oui. Je l'ai même vu au cinéma !

CÉLESTINE : Tu as eu peur quand Blanche-Neige mange la pomme empoisonnée ?

LE LECTEUR : Bien sûr ! Une frousse terrible !

CÉLESTINE : Et ça t'a dégoûté des pommes ?

LE LECTEUR : Aucun rapport ! On ne peut pas comparer un dentiste et une pomme !

ERNEST : Tu vois bien que si !

***

Célestine soigna si bien Ernest qu'un beau matin il se réveilla guéri.

– Regarde, Célestine, je suis guéri !

Elle accourut et le vit, debout sur son lit, en train de jongler avec trois oreillers.

– Je suis le roi des jongleurs ! Tu savais ça ?

– Bof, tu serais bon si tu jonglais avec *quatre* oreillers ! dit Célestine.

À peine eut-elle jeté ce défi qu'Ernest l'attrapa et la lança en l'air, dans le rôle du quatrième oreiller ! La chambre d'Ernest tournoyait autour de Célestine. Elle frôla le plafond, elle frôla le plancher. « Arrête, Ernest, arrêêêête » (ce qui voulait dire « continue, Ernest, continuuue »). Célestine riait si fort que, dehors, un lapin se mit à rigoler. Le rire du lapin passa à un écureuil, de l'écureuil au lièvre vigilant, du lièvre au renard en maraude, du renard à une biche, si bien que, ce matin-là, malgré la neige qui était tombée toute la nuit, la forêt se réveilla en riant.

22

Pendant ce temps

(Qu'est-ce qui se passe pendant ce temps ?)

Dans toutes les histoires il y a un *pendant ce temps*. Ernest et Célestine n'y pensaient pas, tout heureux qu'ils étaient avec leur musique, leur peinture, leur rire et leurs jeux.

Mais…

Pendant ce temps…

Pendant ce temps, dans le monde d'en haut, les ours blancs cherchaient Ernest.

Pendant ce temps, dans le monde d'en bas, les rats policiers cherchaient Célestine.

– Deux fois que ce voyou d'Ernest m'échappe, râlait le chef des ours blancs, je vais le retrouver et il passera le reste de ses jours en prison !

– Si Célestine s'imagine que je vais abandonner mes recherches, grondait le chef des rats policiers, elle se trompe lourdement. Je vais la retrouver et hop, en prison ! Pour la vie !

– Je veux qu'on fouille toutes les maisons, toutes les caves, tous les greniers et qu'on me trouve Ernest ! hurlait le chef des ours blancs. Trouvez-moi Ernest ! Sinon...

– Je veux que vous passiez vos nuits à chercher Célestine, sifflait le chef des rats policiers. Elle ne peut pas vivre en haut, elle est forcément redescendue chez nous. Fouillez tous les trous de souris et trouvez-la-moi ! Sinon...

– Et moi, j'aimerais bien qu'on me rende ma camionnette rouge, protestait le livreur, c'est fatigant le vélo !

– Affichez le portrait d'Ernest sur tous les murs ! Vous m'entendez ? Sur *tous* les murs ! Je veux que tout le monde le reconnaisse ! Qu'on le trouve, qu'on lui saute dessus, qu'on le saucissonne, et qu'on me l'amène ! Celui qui m'apportera Ernest recevra son poids en miel ! C'est la récompense !

– Interrogez tout le monde, absolument tout le monde ! Si quelqu'un sait où est Célestine et qu'il ne me le dit pas... Si quelqu'un détient le plus petit renseignement sur Célestine et qu'il me le cache... ma vengeance sera... ma vengeance sera... Le chef des rats policiers n'arrivait même pas à savoir ce que serait sa vengeance, tellement sa vengeance serait…

Dans le monde d'en haut, donc, depuis la disparition d'Ernest, les ours blancs fouillaient toutes les maisons, du matin au soir et de la cave au grenier.

Toutes, sans exception.

Même la maison de Georges.

– Quoi ? Moi ? Cacher Ernest dans ma cave ? Mais ça va pas la tête ! Il l'a mangée ma cave ! Dévorée, avalée, digérée ! Et quand j'ai voulu remplacer tout ce qu'il avait mangé, il s'est sauvé avec la camionnette rouge du livreur encore pleine de friandises ! Et vous croyez que je vais cacher Ernest dans ma cave ?

– On a dit *toutes* les caves, Monsieur Georges ! Pas d'exception ! Vous ne voulez pas ouvrir votre cave, Monsieur Georges ? Vous cachez Ernest, Monsieur Georges ? Vous voulez qu'on appelle le chef, Monsieur Georges ?

– Bien sûr que non, je…

Dans le monde d'en bas, tout le monde suspectait tout le monde :

– Tu ne saurais pas où est Célestine, toi, par hasard ?

– Non ! Pourquoi me demandes-tu ça ?

– Parce que tu as une tête à savoir où est Célestine !

– Si tu me poses cette question, c'est que c'est *toi* qui la caches !

– Moi ? Et pourquoi je cacherais Célestine ?

– Parce que tu as un air à cacher Célestine !

Bref, depuis la disparition d'Ernest et Célestine l'ambiance était charmante dans le monde d'en haut comme dans le monde d'en bas. Tout le monde suspectait tout le monde, tout le monde surveillait tout le monde, il n'y avait plus d'amis, il n'y avait plus que des suspects.

On s'énervait d'autant plus que personne, bien sûr, ne savait où se trouvaient Ernest et Célestine.

Puisque Ernest n'était pas en ville.

Puisque Célestine n'était pas redescendue dans le monde d'en bas.

Puisque Ernest et Célestine étaient ici,

Deux amis tranquilles,

À faire de la musique,

Et de la peinture,

Et des petits plats,

Et des grosses blagues,

Sans se soucier de rien,

Dans la petite maison bien cachée au fond des bois.

23
De l'hiver au printemps
(Eh oui, les saisons passent.)

Une nuit, il tomba tellement de neige que la petite maison bien cachée au fond des bois fut entièrement recouverte. On n'y voyait plus par les fenêtres. On ne pouvait plus ouvrir la porte. La maison était devenue un igloo silencieux. Impossible d'en sortir tant que la neige n'avait pas fondu. Célestine ne trouva pas ça drôle. Ernest en profita pour ne pas se réveiller. C'est ce que font les ours en hiver : dormir quand ce n'est pas drôle. Et si ce n'est pas drôle pendant dix jours, ils dorment pendant dix jours.

Célestine ronchonnait :

– Je déteste la neige !

Elle parlait toute seule :

– Je déteste la neige et je m'ennuie.

Elle tournait en rond :

– Je n'ai plus rien à peindre !

C'était vrai. Elle avait transformé en tableau

tout ce qu'elle aimait dans la petite maison bien cachée au fond des bois : la cuisinière et ses torchons, les fenêtres à petits carreaux et leurs rideaux, l'armoire déglinguée et sa glace (où elle s'était peinte elle-même déguisée en oursonne), les bons vieux fauteuils, la commode un peu bancale, les instruments de musique, les piles d'assiettes dans l'évier, le lit d'Ernest, ses pantoufles, son désordre, Ernest lui-même et tout ce qu'il y avait dans sa cave.

Tout était maintenant peint, encadré et accroché aux murs.

À son ami Boléro, Ernest disait avec fierté :

– Regarde, Boléro, ma maison est devenue le musée de ma maison !

Ce sombre matin de neige, donc, Célestine commença à mettre de l'ordre, mais elle s'en fatigua vite. Elle descendit à la cave pour se déguiser, mais elle ne se déguisa pas. Elle se dit qu'elle pourrait réparer un instrument de musique mais elle pensa aussitôt qu'elle ne saurait pas le faire.

Bref, l'ennui.

Le vrai.

Si je le décris plus longtemps vous commencerez à vous ennuyer vous aussi !

Jusqu'au moment où elle aperçut, sous un tas de coussins poussiéreux, un objet qu'elle n'avait encore jamais remarqué. C'était un vieux poste de radio avec son fil, sa prise et tous ses boutons.

– Elle marche peut-être ? se dit Célestine à voix haute.

Elle remonta aussitôt avec le poste de radio.

Elle le brancha.

– Allez, un petit réveil en musique pour Ernest !

Elle tourna le bouton.

Une lampe verte s'alluma.

Des sifflements, des craquements…

Puis une voix.

Qui disait :

– Nous sommes toujours à la recherche d'Ernest le voleur et de sa complice, l'abominable Célestine !

Célestine fit un bond en arrière. Elle regarda le poste de radio comme s'il l'avait mordue.

– Nous vous rappelons que ces criminels sont extrêmement dangereux…

Célestine changea de station. Un peu de musique, vite !

Mais :

– Le chef de la police affirme qu'il ne prendra aucun repos tant qu'il n'aura pas retrouvé Ernest…

Non ! Musique, je vous dis ! Mu-sique ! Célestine choisit une troisième station :

– D'après nos renseignements, le filet se resserre autour d'Ernest et Célestine.

On ne parlait que d'eux. Sur toutes les stations !

Célestine éteignit la radio. Elle se recroquevilla en tremblant dans un coin de la chambre.

C'est ainsi qu'Ernest la trouva, une heure plus tard, quand il ouvrit un œil.

– Qu'est-ce qui se passe, Célestine ?

Célestine désigna le poste sans un mot.

– Ma vieille radio ? Tu as monté ma vieille radio ? Elle marche encore ?

Ernest tourna le bouton :

– *Ernest, le cambrioleur, et Célestine, la criminelle la plus endurcie du monde d'en bas...*

Ernest coupa la radio. Il demanda tranquillement :

– Ce sont ces bêtises qui te mettent dans un état pareil ?

– Toutes les stations Ernest ! Ils parlent de nous sur toutes les stations ! Et toute la journée !

– Parce qu'ils s'ennuient, Célestine ! C'est l'hiver pour tout le monde. Allez, n'aie pas peur, viens plutôt voir par ici.

Ernest ouvrit une fenêtre.

Elle était obstruée par un mur de neige.

Ernest souffla un bon coup.

Flouff !

Le bouchon de neige tomba lourdement au pied de la maison.

– Regarde, Célestine. Qu'est-ce que tu vois par cette fenêtre ?

Célestine ne voyait que du blanc.

– De la neige. Et je déteste la neige !

– Vous avez tort, ma chère amie. Vous êtes même ingrate. La neige nous protège, vous et moi. Grâce à elle, personne ne peut nous trouver, ni ceux d'en haut, ni ceux d'en bas. La neige a effacé nos traces, elle recouvre la maison, elle recouvre les bois, elle recouvre la camionnette rouge, elle nous rend invisibles.

– N'empêche que c'est de la neige !

– Oui, et si vous la regardiez attentivement, ma chère Célestine, au lieu de vous ennuyer comme une souris sans curiosité, vous finiriez par avoir envie de la peindre.

– Ça m'étonnerait !

– Pas moi. Les mauvais peintres n'y voient que du blanc mais la neige est *subtile*, petite Célestine. Elle est beaucoup mieux que blanche ! Chaque cristal de neige reflète toutes les couleurs du monde ! Mais peut-être n'êtes-vous pas un peintre assez *subtil* pour peindre la complexité de la neige, petite Célestine... Peut-être préférez-vous peindre, je ne sais pas moi, ce poste de radio, par exemple !

– En tout cas, j'en ai assez de peindre le Grand Méchant Ours !

***

LE LECTEUR : Je sais ce qui va se passer !

L'AUTEUR : Ah oui ?

LE LECTEUR : Oui. À la fin de l'hiver la neige va fondre, la camionnette retrouvera sa couleur rouge, quelqu'un la verra, le dira à la police, Ernest et Célestine seront attrapés, et voilà : Fin de l'histoire.

L'AUTEUR : Bon, alors j'arrête de raconter.

LE LECTEUR : Non, non, continuez !

L'AUTEUR : À quoi bon, puisque vous avez deviné comment ça va finir ?

LE LECTEUR : Parce que je veux savoir si j'ai raison ou si je me suis trompé !

L'AUTEUR : Dans ce cas…

***

Célestine passa le reste de l'hiver à peindre la neige. Ce sont peut-être ses plus beaux tableaux ! Les flocons qui tombent tout en restant accrochés au ciel… la neige trop légère pour le vent et trop lourde pour les branches… les mille éclats du ciel dans chaque cristal de neige… le silence de la neige aussi… on sentait tout cela dans les tableaux de Célestine :

– Regarde, Ernest, je peins le silence !

Ernest, alors, sortait sa clarinette. Ses notes suivaient souplement le pinceau de Célestine qui traçait la courbe silencieuse du paysage blanc sous le ciel gris…

Jusqu'au jour où la neige commença à fondre. Et Célestine peignit cela aussi :

les arbres qui gouttent,
les nuages qui disparaissent,
le soleil qui s'épanouit,
l'herbe qui repousse,
les branches qui verdissent,
les fleurs qui s'ouvrent,
les insectes qui butinent,
les oiseaux qui chantent…
la porte de la maison qui s'ouvre,
Ernest et Célestine qui apparaissent sur le seuil,
et Célestine qui dit :

– Ça y est, cette fois, c'est le printemps !

24
Printemps
(Le grand ménage de printemps.)

Chaque année au printemps, Ernest mettait de l'ordre dans sa maison. Les ours appellent ça le grand ménage de printemps. On ouvre toutes les fenêtres, on balaie la maison, on lessive les planchers, on lave les draps, les serviettes et les torchons, on accroche tout ça au soleil, on secoue les tapis, on lave les carreaux…

Justement, c'est en lavant les carreaux de la cuisine qu'un matin Ernest appela Célestine. (Elle était en train de dessiner les draps qu'Ernest avait étendus sur une corde entre deux bouleaux.)

– Célestine, viens voir !

Célestine accourut. Il y avait de l'inquiétude dans la voix d'Ernest.

– Tu vois ce que je vois ?

– Où ça ?

– Là-bas, entre les branches… cette tache rouge…

– Oui, c'est la camionnette du livreur... Et alors ?

– Et alors, si nous la voyons c'est que d'autres peuvent la voir, et si quelqu'un la voit, nous serons dénoncés !

***

LE LECTEUR : Mais c'est *mon* idée, ça !

L'AUTEUR : Oui.

LE LECTEUR : Vous m'avez volé mon idée ?

L'AUTEUR : Les écrivains ne volent pas, ils empruntent, et leurs livres rendent aux lecteurs tout ce qu'ils leur ont emprunté.

LE LECTEUR : Quoi ? C'est un peu facile comme excuse ! Mon idée c'est mon idée ! Elle est à moi !

ERNEST : Bon, d'accord, c'est ton idée. Alors, qu'est-ce que tu proposes maintenant ?

LE LECTEUR : Comment ça qu'est-ce que je propose ?

ERNEST : Célestine et moi avons repéré le problème posé par la camionnette rouge. Si c'est ton idée, qu'est-ce que tu nous proposes comme solution ?

LE LECTEUR : Je te fais couper des branches pour couvrir la camionnette. Camouflage !

CÉLESTINE : Non, on ne va pas esquinter des arbres pour ça.

LE LECTEUR : ...

ERNEST : …

CÉLESTINE : …

LE LECTEUR : Je sais ! Ernest, tu attends la tombée de la nuit, tu redescends la camionnette en douce, tu vas la cacher quelque part en ville et tu remontes.

ERNEST : Pas question ! Premièrement, quelqu'un peut très bien voir la camionnette d'ici la fin de la journée. Deuxièmement, je peux me faire prendre en ville où tout le monde me recherche, je te le rappelle. Troisièmement, je n'ai aucune envie de remonter à pied.

CÉLESTINE : Quatrièmement, je ne veux pas rester seule dans la forêt toute une nuit, j'ai bien trop peur !

ERNEST : Bref, c'est une mauvaise idée.

LE LECTEUR : …

L'AUTEUR : …

ERNEST : …

CÉLESTINE : …

LE LECTEUR : J'ai trouvé ! Ernest, prends une pelle ! Creuse un grand trou et enterre cette maudite camionnette ! Tout de suite !

ERNEST : Ah non, alors ! Vous autres vous croyez toujours les ours plus forts qu'ils ne le sont ! Ce serait beaucoup trop long de creuser un trou si profond ! Même pour un ours aussi fort que moi !

Et puis la camionnette serait fichue ! Pourquoi bousiller une camionnette toute neuve ? Elle n'est pas à moi, je te le rappelle ! Moi, avec les camionnettes je suis comme l'auteur avec les idées, je les emprunte, je ne les vole pas ! Il faudra bien que je la rende un jour au livreur, cette camionnette !

LE LECTEUR : …

L'AUTEUR : …

CÉLESTINE : …

ERNEST : Hé bien, je te parie que c'est Célestine qui va la trouver, la bonne solution !

LE LECTEUR : Célestine ou l'Auteur ?

ERNEST : Célestine, toi, moi, l'Auteur, tout ça c'est un peu la même chose…

***

Célestine regardait la camionnette rouge sans rien dire. Tout à coup elle eut un petit sourire.

– Tu as raison, Ernest, dit-elle lentement. Laisse-moi faire, je m'en occupe.

Ernest vit Célestine prendre ses pinceaux et ses tubes de peinture. Elle sortit de la maison et se mit à peindre sur la camionnette elle-même. Et ce fut comme si ses pinceaux effaçaient tout ce rouge. La camionnette disparaissait au fur et à mesure que Célestine peignait. Quand elle revint auprès d'Ernest, dans la cuisine, on ne voyait plus la camionnette, on ne voyait que les fougères, les herbes, les fleurs et les arbres.

– Qu'est-ce que tu as fait ? C'est de la magie ?

– Non, Monsieur Ernest, c'est de la peinture. J'ai peint cette camionnette aux couleurs du printemps, voilà tout.

25

Le pique-nique

(C'est la saison.)

– Ça alors ! Marie, viens voir !

Du bout de sa branche, Lucien l'écureuil (il s'appelait Lucien, oui) observait Ernest et Célestine. Ernest et Célestine avaient préparé un pique-nique. Ils étaient sortis de la petite maison bien cachée au fond des bois avec un grand panier d'osier et ils s'étaient enfoncés dans la forêt jusqu'à la clairière de Marie et Lucien, les écureuils. Célestine avait déployé une nappe blanche sur l'herbe verte. Ernest avait disposé assiettes, couverts, serviettes et provisions. Bref, la petite clairière de l'écureuil s'était transformée en un tableau de Célestine : *Le Pique-Nique*.

(Ce tableau existe, je l'ai vu !)

– Ça alors, ne cessait de répéter Lucien. Marie ! Viens voir !

Marie sauta de branche en branche et vint s'asseoir à côté de Lucien.

– Regarde, un ours qui pique-nique avec une souris !

– Alors ça ! murmura Marie.

Lucien l'écureuil dégringola de son arbre, fit le tour de la clairière, et s'arrêta au pied d'une petite butte de terre qui remuait toute seule.

Il appela :

– Anna ! Psst ! Eh ! Oh ! Anna...

Anna la marmotte sortit une tête affairée.

– Oui ?

– Anna, tu sais ce qu'on vient de voir, Marie et moi ?

– Dis toujours.

– À côté de chez nous... Un ours et une souris... Ils pique-niquent ensemble, dis donc !

– Non !

– Je t'assure ! Avec nappe blanche, assiettes, serviettes et tout...

– Je ne te crois pas.

– Va voir toi-même !

– Pas le temps, mon p'tit Lucien, je m'agrandis, j'ai ma galerie à creuser !

Une heure plus tard, la galerie d'Anna débouchait au grand air, juste devant ce terre-plein d'herbes folles où le lièvre Solal avait l'habitude d'admirer la vallée.

– Salut, Anna, dit le lièvre Solal en la voyant

apparaître, toute maculée de terre fraîche. Tu as passé un bon hiver ?

– Bien dormi, merci, oui. Tu ne sais pas la meilleure ? Lucien l'écureuil prétend que Marie et lui ont vu un ours et une souris pique-niquer dans leur clairière.

– Un ours et une souris ? Pique-niquer ensemble ? Quelle imagination, ces écureuils !

Un peu plus tard, en libérant Ben le lapin qui s'était fait prendre à un collet (c'était le travail du lièvre Solal, libérer les bêtes qui tombaient dans les pièges des braconniers), il ne put s'empêcher de répéter que là-haut, au sommet de la colline, l'écureuil Lucien disait avoir vu un ours et une souris pique-niquer ensemble.

– Si c'était moi qui inventais un truc pareil, répondit Ben, on dirait que je suis fou comme un lapin !

Mais quand Ben croisa Samy le hérisson, il lui raconta l'histoire comme s'il y croyait vraiment.

– Ah ouais ? fit Samy qui était un hérisson sceptique.

– Dans la clairière de Marie et Lucien, oui. Un pique-nique, avec nappe, couverts, et tout et tout, un ours et une souris !

– Tu y crois, toi ?

– On a vu plus étrange.

– Tu peux me citer un seul exemple ?

C'est ainsi que se répandent les nouvelles. C'est tout léger d'abord. On parle. On ne s'intéresse pas vraiment à ce qu'on dit. On parle pour parler. C'est un petit plaisir de la vie. La nouvelle va comme un papillon qui volette. Le hérisson raconte la chose à Rosa, la jeune taupe,

qui disparaît sous terre

après l'avoir dite à un raton laveur au joyeux caractère, un certain Nicolas,

qu'on retrouve dans le monde d'en bas

livrant son linge propre à ses clients.

Puis, sa journée de travail terminée,

Nicolas, le raton laveur, s'attable au café avec un cousin

(Benjamin, le cousin, un colleur d'affiches gentil comme tout et malin comme douze),

tous deux bavardent légèrement, comme ça, ils évoquent un bruit qui court la campagne,

une histoire d'ours et de souris qui auraient pique-niqué ensemble, là-haut, au sommet de la colline…

Ils en parlent sans penser à mal… Benjamin rigole… Ces écureuils, quand même, ils sont vraiment… une souris et un ours, tu te rends compte…

Sauf qu'à la table d'à côté sont attablés deux rats policiers.

Deux rats policiers.

Eh oui !

L'innocent papillon du bavardage a fini par se poser là où il ne fallait pas.

– Tu entends ce que j'entends ? demande le premier rat policier.

– Un ours et une souris... Ernest et Célestine, forcément, répond le deuxième rat policier.

– À nous la récompense !

– Messieurs, disent les rats policiers aux deux cousins, vous allez nous suivre au poste et finir cette intéressante conversation devant notre chef.

Pendant ce temps...

Pendant ce temps, la journée s'est écoulée sans qu'Ernest et Célestine se doutent de rien. Le soir tombe, les nuages s'amoncellent, promettant un de ces orages de printemps qui vous tombent d'un seul coup sur la tête. Ernest et Célestine remballent vite les restes du pique-nique dans le panier d'osier. Le ciel s'obscurcit. Le vent se lève. Les nuages roulent. Les éclairs photographient le paysage. « Cet éclair qui déchire les nuages au-dessus des arbres tordus, quel tableau ça ferait ! » se dit Célestine.

– Oh ! là, là ! on va y avoir droit ! dit Ernest. Grimpe sur mon dos, Célestine, vite, ça va tomber !

Et en effet, le ciel se déchire comme un vieux drap et toute l'eau du monde leur tombe sur la tête.

Ernest court dans les flaques. Célestine et lui sont trempés comme des serpillières.

« Vive le printemps ! » se dit Lucien l'écureuil en les suivant d'arbre en arbre.

« J'ai bien fait de finir ma galerie ce matin ! » se dit Anna la marmotte.

« Très bien cet orage, les contrebandiers ne poseront pas de collets par une nuit pareille, pense le lièvre Solal, je vais pouvoir m'offrir une grasse matinée. »

– Sauvés ! s'exclament Ernest et Célestine en claquant sur eux la porte de la petite maison bien cachée au fond des bois.

Mais dehors la pluie continue de tomber.

Et le ciel de tonner.

Et les éclairs de photographier.

Et que pourrait-on voir, sous le flash des éclairs s'il y avait encore quelqu'un dehors ?

On pourrait voir la camionnette du livreur perdre toute la peinture de Célestine. On pourrait voir la pluie laver la camionnette à grande eau. On pourrait voir toutes les couleurs de Célestine se dissoudre et se répandre dans les petits torrents que la pluie creuse autour de la camionnette.

Qui redevient rouge.

Rouge vif sous la lueur crue des éclairs.

***

LE LECTEUR : Zut !

L'AUTEUR : Quoi ?

LE LECTEUR : La pierre.

L'AUTEUR : Quelle pierre ?

LE LECTEUR : Le gros caillou qu'Ernest a placé derrière la camionnette sur le chemin en pente, parce que les freins ne marchaient pas.

L'AUTEUR : …

LE LECTEUR : Vous l'aviez oublié ?

L'AUTEUR : Complètement.

LE LECTEUR : Toute cette eau va l'emporter.

L'AUTEUR : Vous croyez ?

LE LECTEUR : Évidemment ! La camionnette est stationnée dans un torrent à présent. Le chemin est très en pente, la pierre ne tiendra pas longtemps, le courant va l'emporter.

L'AUTEUR : Qu'est-ce que je peux faire ?

LE LECTEUR : Plus rien. C'est trop tard.

***

Il arrive que le lecteur ait raison. Ce fut malheureusement le cas cette fois-ci. À force de creuser sous la roue arrière gauche de la camionnette, l'eau emporta la pierre qu'Ernest avait coincée contre le pneu. La camionnette partit aussitôt à reculons. Elle roula doucement d'abord, puis de plus en plus vite. Pour tout dire, elle redescendit toute seule jusqu'à la ville. Oh ! pas par la route, bien sûr, pas en prenant sagement les virages ! Tout droit, en coupant à travers champs, en sautant de bosses en creux, en décollant, en atterrissant, du plus haut de la colline jusqu'à son arrivée, tout en bas, dans la petite ville où elle pénétra à la vitesse d'un boulet de canon.

Et qu'est-ce qui l'arrêta, ce boulet rouge ?

Une maison, bien sûr.

Quelle maison ?

La confiserie de Georges !

Quand la malchance s'en mêle c'est comme ça.

La camionnette rouge pénétra dans le *Roi du Sucre* par la vitrine qui explosa, elle s'écrasa contre le mur du fond après avoir écrabouillé le comptoir et pulvérisé tout ce qui se trouvait sur son passage.

Un de ces boucans !

Toutes les lumières de la ville se rallumèrent en même temps.

– Qu'est-ce que c'est ? s'écrièrent Georges et Lucienne en tombant de leur lit. (Leur chambre était juste au-dessus de la confiserie.)

Georges dévala l'escalier en pyjama :

– La camionnette du livreur !

– Appelle tout de suite la police ! hurla Lucienne les poings serrés. La police, tout de suiiiiii-iiiiiiiiiiiiite !

– Tiens, la camionnette du lifreur, fit le petit Léon, pas plus étonné que ça. F'est toi qui l'avais folée, Papa ? Et Erneft, f'est toi qui le caches ?

(Je sais, depuis le début de l'histoire la dent du petit Léon a repoussé et il ne devrait plus parler comme ça. Mais il en a perdu deux autres. Voilà.)

26

L'arrestation

(En prison !)

LE LECTEUR : Je n'aime pas du tout ça.

L'AUTEUR : Quoi donc ?

LE LECTEUR : Quand je lis une histoire, je n'aime pas connaître une mauvaise nouvelle avant les personnages. L'idée qu'Ernest et Célestine dorment tranquillement pendant que la police d'en bas interroge Nicolas le raton laveur et son cousin Benjamin, Rosa la taupe, Samy le hérisson, Ben le lapin, que les enquêteurs vont remonter jusqu'à Solal, Anna, Marie et Lucien les écureuils, cette idée me fait peur. Ça me fait peur aussi de savoir que le chef des ours blancs se dit en regardant la colline : « Très bien, il n'y a qu'à suivre les traces laissées par la camionnette pour trouver la cachette d'Ernest. » J'aimerais pouvoir réveiller Ernest et Célestine, leur dire que la police va arriver.

L'AUTEUR : Seulement voilà, on ne peut pas réveiller des personnages qui dorment.

LE LECTEUR : Pas quand on est le lecteur, non… Mais vous, vous ne pourriez pas revenir en arrière ? Trouver autre chose ? Je ne sais pas moi, faire en sorte que Rosa la taupe n'ait pas parlé au raton laveur, par exemple. Et que Nicolas, le raton laveur, ait distribué son linge sans avoir cette histoire de pique-nique à raconter. Non ?

L'AUTEUR : Trop tard, c'est écrit et vous l'avez lu. Je ne peux pas faire comme si vous ne l'aviez pas lu.

LE LECTEUR : J'ai tellement peur de la suite !

L'AUTEUR : Mais cette peur, n'est-elle pas un peu délicieuse, tout de même ?

LE LECTEUR : …

L'AUTEUR : Sincèrement…

LE LECTEUR : …

L'AUTEUR : …

LE LECTEUR : Si. Exquise, même.

***

– Oh ! là, là ! quel orage, hier soir, dis donc ! s'exclama Célestine en se réveillant, le matin suivant.

– Silence, je dors, grogna Ernest, on parlera de la météo plus tard.

Et il se retourna dans son lit.

– Mais c'est qu'il est de mauvais poil, ce matin, le Grand Méchant Ours ! dit Célestine en sautant de son hamac. C'est qu'il nous mangerait toute crue le Grand Méchant Ours ! dit Célestine en mettant une casserole sur la cuisinière. Avec chaussures, manteau et sac à dos ! précisa Célestine en jetant trois tablettes de chocolat dans la casserole. *Couic ! Hop ! Miam miam ! Gloups ! Prout et dodo !* C'est que je suis morte de peur, moi, dit Célestine en allumant le feu sous la casserole.

– C'est qu'il est surtout urgent de se taire, grogna Ernest.

– Bon, bon, je me tais, je me tais, je ne dis plus un mot, dit Célestine en touillant le chocolat qui commençait à fondre et en rajoutant du lait… Tu entends Ernest comme je me tais ? Entends-tu comme la pauvre Célestine se tait bien, Ernest ? Moi je suis émerveillée par mon silence. Je ne me suis jamais tue si longtemps. On dirait que j'ai perdu la parole ! Ernest tu n'aurais pas trouvé ma parole ? Ernest, s'il te plaît, dis-moi où sont mes mots. Tu sais, ces trucs dont je me sers pour parler quand je ne me tais pas…

– Silence ! Museau ! La ferme ! Camembert ! dit Ernest en se cachant sous son édredon, sinon…

– Sinon quoi ? Quoi, sinon ? Des menaces ? Ernest n'aurait-il pas envie de son petit déjeuner, ce matin ? Ernest aimerait-il que Célestine, ce matin, exceptionnellement, ne prépare pas le petit déjeuner d'Ernest ?

– Ernest veut dormir ! Pitié, Célestine, dormiiiiir !

– Dormir ? Avec un soleil pareil ? C'est vraiment une idée d'ours, ça ! Un ours qui n'arrive pas à sortir de l'hiver. Regarde ce soleil, Ernest, c'est le printemps !

En disant cela, Célestine ouvrit grand les rideaux. Le soleil pénétra à flots dans la cuisine. Célestine en fut éblouie. Pendant un instant elle ne fut que lumière, et elle se dit : « Tiens, ce serait un tableau formidable ça, ne peindre que la lumière ! Rien que la lumière du matin ! » Puis, des formes se dessinèrent en ombres chinoises sur ce fond éblouissant : les arbres de la forêt : les hêtres, les bouleaux, les érables… Bientôt les couleurs apparurent : le vert phosphorescent de l'herbe, le vert plus sombre des hêtres, les mille et une taches colorées des fleurs. Enfin, Célestine vit quelque chose qu'elle n'avait jamais vu ; un petit sapin qui n'était pas là hier. Elle regarda plus attentivement. *Deux* petits sapins. Ils ont poussé dans la nuit ? Elle fronça les sourcils. Un troisième petit sapin ! Ça alors ! Et on dirait qu'ils bougent, ces sapins ! Elle en vit nettement un avancer d'un bon mètre. Et tous les autres aussi. Je suis folle ou quoi ? Elle éteignit le feu sous la casserole, elle regarda de nouveau par la fenêtre, très attentivement. La petite maison bien cachée au fond des bois était cernée par des sapins qui avançaient vers elle !

Et tout à coup
derrière le sapin le plus proche
une tête d'ours blanc !

Célestine avait nettement vu un ours blanc regarder la petite maison bien cachée au fond des bois.

La police des ours ! Des policiers qui avançaient en se cachant derrière de jeunes sapins fraîchement coupés.

Célestine bondit au chevet d'Ernest.

– Ernest, lève-toi, vite ! La police cerne la maison ! Debout, il faut te cacher ! Dépêche-toi Ernest, ils arrivent !

Ernest sortit de son lit, encore bourdonnant de sommeil.

– La police, tu es sûre ? Et où veux-tu que je me cache ?

– À la cave, Ernest, vite, vite ! Prends tes vêtements et file à la cave !

La suite alla très vite.

Ernest disparut dans la cave.

Célestine glissa le tapis sur la trappe.

Elle installa son chevalet sur le tapis.

Elle plaça une toile commencée sur le chevalet. (La toile représentait la porte ouverte sur la forêt printanière, juste en face de la trappe.)

Célestine se mit un masque de petite oursonne.

Elle enfila son manteau.

Elle prit un balai.

Elle ouvrit la porte de la petite maison bien cachée au fond des bois.

Elle sortit et balaya le perron en chantonnant, comme si de rien n'était.

Les sapins s'étaient rapprochés. Célestine se gardait bien de regarder dans leur direction. Elle balayait et elle chantonnait derrière son masque d'oursonne.

Tout à coup, elle se sentit saisie par le col et soulevée, jusqu'à se trouver face aux yeux d'un ours blanc gigantesque qui ne rigolait pas du tout.

– Où est Ernest ?

C'est tout ce que demanda le chef des ours blancs.

– Dis-moi où est Ernest !

– Ernest ? répondit Célestine. Je ne sais pas. S'il n'est pas là c'est qu'il est descendu en ville. Je crois qu'il manquait de miel, il…

– Fouillez la maison, ordonna le chef aux autres ours blancs.

Sans ajouter un mot, il ôta à Célestine son masque d'oursonne et le froissa comme une feuille de papier.

– Ton nom ?

– Célestine.

– Qu'est-ce que tu fais ici, Célestine ?

– Je balaye.

– Ne fais pas l'idiote, je ne suis pas de bonne humeur. Que fais-tu dans cette maison bien cachée au fond des bois ?

– Rien de particulier, je passe l'hiver avec mon ami Ernest.

– Tu plaisantes ? Un ours et une souris amis, ça ne s'est jamais vu.

– C'est pourtant comme ça. Ernest et moi sommes de grands amis. Nous passons souvent l'hiver ensemble. J'adore la neige, comme lui.

– Dis plutôt que vous êtes complices et que vous vous cachez.

– Nous ne nous cachons pas, puisque je bavarde tranquillement avec vous.

– Célestine, je te repose la question : Où est Ernest ?

– En tout cas, il n'est pas là, chef, dit le premier ours blanc en ressortant de la maison. La baraque est vide.

– Vide et minuscule, certifia un deuxième ours blanc. Nulle part où se cacher.

– Une cuisine une chambre et pas d'Ernest, confirma un troisième ours blanc.

– Mais plein de tableaux aux murs, fit observer un quatrième ours blanc. Je ne savais pas qu'Ernest faisait de la peinture.

– C'est pas mal du tout, d'ailleurs, estima un cinquième ours blanc, vous devriez y jeter un œil, chef, ça vaut la peine !

– Surtout les tableaux représentant la neige, précisa un sixième ours blanc.

– Les natures mortes aussi ! intervint un septième ours blanc.

– Et les autoportraits ! s'exclama un huitième ours blanc. Faut voir comment Ernest se peint en truand ! Très impressionnant !

– Chef, sérieux, venez voir ! Ça vaut vraiment le coup d'œil !

– LA FERME ! rugit le chef des ours blancs. C'est Ernest que je veux, pas son musée !

– Oui, chef, mais on a trouvé son musée et pas Ernest.

– Il va falloir chercher ailleurs, soupira Célestine.

– Toi..., gronda le chef des ours blancs, toi, en prison ! Et tout de suite !

27
En prison
(Ernest aussi, vous verrez bientôt pourquoi.)

Des heures à présent que Célestine était en prison, seule dans une cellule pour ours cent fois trop grande pour elle. Et pas le moindre trou de souris pour s'évader, elle avait bien cherché.

– Pour la dernière fois, Célestine, où est Ernest ?

Célestine leva les yeux. Le chef des ours blancs venait d'entrer dans la cellule.

– Pourquoi ? répondit-elle, vous ne l'avez pas encore trouvé ?

Le chef des ours blancs réfléchit un instant, puis :

– Très bien ma petite, regarde donc dans la cour ce qui t'attend si tu continues à faire la maligne.

Il posa une table contre le mur, une chaise sur la table, un tabouret sur la chaise, et Célestine sur le tabouret. Là-haut, elle se trouvait au niveau de la lucarne qui donnait sur la cour.

– Vas-y, Célestine, rien qu'un petit coup d'œil !

Horreur ! Au fond de la cour, deux ours blancs s'entraînaient au maniement de la tapette à souris. L'un bandait le ressort, l'autre posait une carotte sur l'instrument de torture, le premier lâchait le ressort et *clac !* la carotte était coupée en deux. Tranchée net ! Il y avait déjà un bon tas de rondelles à côté d'eux, ils devaient s'entraîner depuis le matin. Toutes les carottes de la prison allaient y passer.

– Si tu ne me dis pas où est Ernest, tu joueras bientôt le rôle de la carotte, ma petite Célestine.

Malgré la peur qui lui glaçait le sang, Célestine eut la force de répondre :

– Je ne sais pas où est Ernest, et même si je le savais, je ne vous le dirais pas.

Elle disait la vérité. Comment aurait-elle pu imaginer qu'à la même seconde, Ernest faisait la même réponse au chef des rats policiers qui lui demandait où se trouvait Célestine ? Oh ! l'interrogatoire n'avait pas lieu dans une cellule pour souris, bien sûr, aucun ours n'aurait pu y tenir, mais dans la cour de l'école où Ernest s'était endormi après l'affaire du sac de dents. C'était là qu'on le gardait, ligoté à un pilier du préau.

– Je ne sais pas où est Célestine, et même si je le savais je ne le dirais pas !

– Parce que tu ignores ce qui t'attend, Ernest, murmura le chef des rats policiers.

Sur quoi, il siffla un petit coup.

Une porte s'ouvrit, un autre ours apparut. Ernest n'en revenait pas. Un ours ? Ici, dans le monde d'en bas ? Mais très vite Ernest s'aperçut que cet ours était un faux. Un ours en paille, recouvert d'une fourrure marronnasse toute mitée. Il était monté sur une planche à roulettes.

– Un mannequin, expliqua le chef des rats policiers. C'est sur lui que nous enseignons à nos élèves votre grotesque anatomie.

– Grotesque anatomie toi-même, répondit Ernest. Tu t'es déjà regardé ?

Le chef des rats policiers, qui ne se trouvait pas mal du tout, ne comprit pas la question d'Ernest.

Il siffla une deuxième fois.

Une autre porte s'ouvrit :

– Tu connais le fonctionnement des tapettes à souris, Ernest, ces engins barbares avec lesquels vous remplissez notre orphelinat…

– Je ne m'en suis jamais servi, je n'en ai pas chez moi, je…

Ernest ne put en dire davantage. La stupeur lui coupa la parole.

Car la Grise venait d'apparaître.

Et, derrière elle, les orphelins tiraient un instrument monstrueux : une tapette à souris géante, elle aussi montée sur roulettes.

– Ils l'ont faite eux-mêmes, ces chers petits, tous ensemble, en travaux manuels, et rien que pour toi, Ernest, expliqua le chef des rats policiers.

La Grise tapa dans ses mains.

Les orphelins tendirent le ressort de la tapette géante en tirant sur deux longues cordes. Ils étaient au moins une centaine par corde !

Une fois la tapette armée, la Grise tapa de nouveau dans ses mains.

On fit basculer l'ours mannequin et on le coucha sur l'instrument de torture.

– Ernest, je te le demande pour la dernière fois : où est Célestine ?

– Si tu ne le sais pas comment veux-tu que je le sache ? répondit Ernest.

Le chef des rats policiers fit signe à la Grise.

Qui claqua une troisième fois des mains.

Les orphelins lâchèrent les cordes :

SSSSSSCHLAC ! fit la tapette.

La tête du mannequin roula sur le sol.

De la paille s'envola.

Qui retomba sur Ernest.

– Nous n'avons plus de mannequin, Ernest. Le prochain essai, nous le ferons avec toi.

***

LE LECTEUR : Il manque quelque chose.

L'AUTEUR : Quoi donc ?

LE LECTEUR : L'arrestation d'Ernest. Vous n'avez pas raconté comment Ernest s'est fait prendre.

L'AUTEUR : Non, en effet, je me suis offert une ellipse.

LE LECTEUR : Une quoi ?

L'AUTEUR : Une ellipse, un raccourci, si vous préférez.

LE LECTEUR : Pourquoi ? Vous trouviez le temps long ?

L'AUTEUR : Non, mais comme vous aviez deviné que le chef des rats policiers retrouverait Ernest et Célestine en remontant jusqu'à Lucien l'écureuil, je me suis dit que ce n'était pas la peine de décrire l'arrestation d'Ernest proprement dite. Celle de Célestine par les ours suffisait.

LE LECTEUR : Eh bien, je veux aussi celle d'Ernest ! D'ailleurs celle de Célestine est très incomplète. Il reste des tas de choses intéressantes à savoir sur l'arrestation d'Ernest et Célestine.

L'AUTEUR : Par exemple ?

LE LECTEUR : Par exemple la réaction des écureuils. Quel effet ça leur a fait ces deux arrestations ?

LUCIEN L'ÉCUREUIL : On a pleuré !

MARIE : Pendant huit jours !

LE LECTEUR : Alors pourquoi avez-vous dénoncé Ernest et Célestine à la police ?

LUCIEN L'ÉCUREUIL : On ne les a pas dénoncés ! Ce soir-là, juste après l'orage, un journaliste vient nous trouver. Il nous dit qu'il veut écrire un livre sur l'amitié. Il nous dit qu'il vient de la part d'Anna et de Solal qui sont nos meilleurs amis. Aucune raison de nous méfier ! Comme j'adore l'amitié, je lui parle de Marie, d'Anna, de Solal, et de tous mes autres amis. Il m'écoute, il prend des notes. Et l'air de rien, comme en passant, il me parle d'un ours et d'une souris qui seraient amis, dans les environs. Je lui dis que justement, ils pique-niquaient encore tout à l'heure dans notre clairière et je lui demande : « Vous voulez les interviewer, eux aussi ?

– Très volontiers, savez-vous où ils habitent ? »

LE LECTEUR : ...

LUCIEN L'ÉCUREUIL : ...

MARIE : ...

LE LECTEUR : ...

MARIE : Comment aurions-nous pu deviner que c'était un policier ?

ANNA : Vous ne pouviez pas. D'autant plus que c'est moi qui vous l'ai envoyé. Il m'avait interviewée moi aussi. Il m'inspirait confiance.

LE LIÈVRE SOLAL : Et c'est moi qui l'ai envoyé chez Anna. On ne pouvait vraiment pas deviner qu'il était de la police.

LUCIEN L'ÉCUREUIL : …

MARIE : …

LE LECTEUR : …

ANNA : …

LE LIÈVRE SOLAL : …

ERNEST : Bref, voilà pourquoi quelques heures plus tard une armée de rats policiers m'attendait dans ma cave !

LE LECTEUR : Ce n'est pas toi qu'ils attendaient, c'est Célestine !

ERNEST : Peut-être mais c'est moi qu'ils ont attrapé. Ils avaient tout prévu. Un grand filet m'est tombé dessus ! Ils m'ont tout de suite saucissonné le museau pour m'empêcher de crier. Je me suis débattu aussi longtemps que j'ai pu. Finalement, quand je n'ai plus pu bouger, ils ont envahi la maison, mais elle était vide. Les ours étaient déjà repartis. Je ne savais pas qu'ils avaient emmené Célestine ! Rapide comme elle l'est, j'ai pensé qu'elle leur avait échappé. Alors le chef des rats policiers est devenu comme fou. Il voulait absolument que je lui dise où se cachait Célestine. Dans la cour de l'école, il m'a même menacé de me couper en deux si je ne le lui disais pas !

CÉLESTINE : Et moi, bien sûr, je ne pouvais pas me douter que les rats avaient attrapé Ernest !

ERNEST : C'est comme ça que nous nous sommes retrouvés au tribunal, Célestine dans le monde d'en haut, jugée par les ours, et moi dans le monde d'en bas, jugé par les souris.

CÉLESTINE : Le monde à l'envers, quoi.

28
Le procès
(Accusés levez-vous !)

La gigantesque salle du tribunal était pleine à craquer. Tous les ours étaient venus assister au procès de Célestine. Georges, Lucienne et le petit Léon en tête, bien sûr. C'était la toute première fois que le tribunal des ours jugeait une souris, on ne voulait rater ça pour rien au monde. L'assemblée entière regardait l'accusée, assise sur son banc. Elle était si petite qu'on la voyait à peine entre ses deux énormes ours gendarmes. Mais les photographes braquaient sur elle des téléobjectifs longs comme des canons, qui la grossissaient énormément et qui lui feraient une tête effrayante à la une des journaux. Les journalistes sortaient leurs calepins et leurs stylos mais dans leur tête ils avaient déjà écrit leurs articles sur la terrible Célestine. Les jurés plissaient des yeux pour mieux la regarder. À travers la fente de leurs paupières on lisait déjà sa condamnation. Le reste de l'assemblée (ils étaient vraiment très nombreux) ne voyait qu'un petit point, là-bas, sur le banc des accusés, un petit point qu'ils détestaient grandement : pensez donc, c'était Célestine, la souris la plus dangereuse du monde d'en bas, la complice de l'affreux Ernest, une abomination ! La radio en avait parlé pendant tout l'hiver.

Tout à coup, une voix retentit :

– La Cour !

L'assemblée se leva.

La lourde tenture rouge qui montait jusqu'au plafond s'entrouvrit et le juge apparut.

Célestine le reconnut aussitôt. C'était le grizzly qui s'était offert un sourire en or dans le magasin de Lucienne. Aujourd'hui, dans son manteau de pourpre, son col d'hermine et sous son bonnet carré, il paraissait plus impressionnant encore. Deux assesseurs le secondaient : des ours à robe noire, au visage fermé comme des portes de prison.

Quand tout le monde se fut assis, le président grizzly posa un lourd regard sur Célestine.

– Accusée, levez-vous.

Ce que fit Célestine. Mais elle était si petite dans ce décor de pharaon que personne ne s'en aperçut.

– Levez-vous ! répéta le juge grizzly.

– C'est fait, Monsieur le Juge, j'étais assise, je suis debout.

La salle voulut rire mais le regard du juge l'en dissuada.

Un seul regard.

Pas un seul rire.

– Merci, murmura le juge.

Et l'on vit luire un filet d'or entre ses babines de grizzly.

– Votre nom ? demanda le juge à Célestine.

– Célestine, murmura Célestine.

– Je vous demande pardon ?

– Célestine, répéta Célestine un peu plus fort.

***

– Moi ? C'est Ernest !

Cette réponse, plus sonore, Ernest la faisait à la même seconde dans le monde d'en bas. Le tribunal des souris se trouvait juste au-dessous de celui des ours. Le président, ici, était un castor obèse, dont le caractère laissait à désirer. Lui aussi était vêtu de rouge et d'hermine. Quand il voulait obtenir le silence, il frappait sa table avec un marteau de bois apparemment incassable.

– Ernest, hein..., répéta le Président Castor sur un ton menaçant.

Deux lampes à pétrole jetaient des ombres inquiétantes sur les fortes joues du castor. Dans ses yeux on pouvait lire l'avenir d'Ernest. Pas brillant. On le lisait aussi dans les yeux de ses assesseurs, un ragondin et un rat tout court qui semblaient ivres de vengeance.

Ici aussi tout le monde était venu assister au procès, la Grise et le Grand Dentiste en tête. Pensez donc, on allait juger le Grand Méchant Ours ! Personne n'avait résisté à la tentation. Pas un seul commerçant ne s'était rendu à son magasin ce matin-là, pas un seul élève à l'école, pas un seul dentiste à la *Clinique Blanche*, et d'ailleurs aucune dent n'était malade. Ils étaient tous accourus au tribunal, en pleine forme, haletant de curiosité. Ils s'étaient bagarrés pour s'asseoir aux meilleures places, ce qui avait flanqué le Président Castor en pétard :

– Asseyez-vous correctement, bande de malappris ou je fais évacuer la salle ! avait-il hurlé en cognant sur son pupitre avec le marteau incassable.

Le président, les assesseurs, le greffier, les avocats, les journalistes, les photographes, les jurés, le public, étaient disposés exactement comme dans le tribunal des ours. Bon, la tenture était un peu moins grande dans le tribunal d'en bas, d'accord, on s'éclairait ici à la lampe à pétrole, c'est vrai, le président était un castor moustachu et là-haut un grizzly à dents d'or oui, mais à part ça, les deux tribunaux se ressemblaient comme deux tribunaux.

D'ailleurs, en haut comme en bas les questions des juges étaient les mêmes :

– Pouvez-vous nous dire, Célestine, où se trouve le dénommé Ernest ?

– Ernest, pouvez-vous nous dire où se trouve la dénommée Célestine ?

Les réponses des accusés étaient les mêmes :

– Sincèrement, je ne sais pas, Monsieur le Juge.

– Franchement, aucune idée, Monsieur le Juge.

Les réactions des juges aux réponses des accusés étaient les mêmes :

– Dans ce cas, vous serez jugé deux fois : une première fois pour ce que vous avez fait et une deuxième fois pour ce qu'a fait votre complice !

Les réactions des accusés aux réactions des juges étaient les mêmes :

– Ernest ? Mais qu'a-t-il fait Ernest ? Il n'a rien fait du tout Ernest !

– Célestine ? Mais qu'est-ce qu'elle a fait, Célestine ? Elle n'a rien fait du tout, Célestine !

***

Les coups de colère des juges étaient les mêmes :

LE PRÉSIDENT GRIZZLY : Rien du tout ? Dévorer une confiserie et voler toutes nos dents de rechange vous appelez ça rien du tout !

LE PRÉSIDENT CASTOR : Rien du tout ? Introduire chez nous un ours enragé qui casse tout en s'en allant, vous appelez ça rien du tout !

Le système de défense des accusés était le même.

CÉLESTINE : Mais il avait faim, Ernest ! Vous le laissiez mourir de faim sous prétexte qu'il fait de la musique ! Il fallait bien qu'il se nourrisse ! Qu'est-ce que vous voulez ? Un monde sans musiciens ? Un monde où il n'y aurait que des juges ? Ah ! ce serait gai !

ERNEST : C'est pour porter votre fichu sac de dents que je suis descendu chez vous ! Pour que Célestine puisse enfin peindre tranquillement ! Qu'est-ce que vous voulez ? Un monde sans artistes ? Un monde où il n'y aurait que des dentistes ? Ah ! ça doit être joyeux, chez vous ! Et puis je suis un ours, d'accord, mais pas enragé, s'il vous plaît.

Les réponses des juges étaient les mêmes :

LE PRÉSIDENT GRIZZLY : Taisez-vous !

LE PRÉSIDENT CASTOR : Silence !

Les accusés montraient le même courage :

CÉLESTINE : Non, je ne me tairai pas ! Est-ce un crime abominable de vouloir être musicien ?

ERNEST : Pas question que je me taise ! C'est si horrible que ça de vouloir être peintre ?

LE PRÉSIDENT GRIZZLY : Silence, vous dis-je, ou je vous fais expulser !

LE PRÉSIDENT CASTOR : Silence, ou le procès se fera sans vous !

Quant à l'acte d'accusation (l'acte d'accusation, c'est la liste des bêtises que les tribunaux reprochent aux accusés), il était long comme ça.

Ernest et Célestine étaient accusés de :

Désordre sur la voie publique.

Effraction.

Cambriolage.

Association de malfaiteurs.

Évasion.

Re-cambriolage.

Trafic de dents.

Invasion.

Délit de fuite.

Destructions en tout genre.

Vol de camionnette rouge.

Vol de friandises.

Recel. (C'est quand on ne veut pas rendre ce qu'on a volé.)

Destruction de magasin. (Ils accusaient Ernest d'avoir lancé *exprès* la camionnette rouge dans la vitrine du *Roi du Sucre*. Exprès ! Du haut de la colline ! Sans rire !)

Outrage à magistrats, etc.

C'était une liste interminable et quand on faisait l'addition il y en avait pour deux ou trois cents années de prison. À moins qu'on ne décide de couper les accusés en deux, tout simplement.

Bref, la situation était désespérée.

D'autant plus que les témoins, en haut comme en bas, étaient innombrables et unanimes :

– Oui, c'est bien lui, Monsieur le Juge, je le reconnais !

– Oui, c'est bien elle, Monsieur le Juge, je la reconnais !

– Oui, ce sont eux, Monsieur le Juge, je les reconnais !

– Oui, Monsieur le Juge ! Je les ai vus.

– Comme je vous vois, Monsieur le Juge !

– Aucun doute, Monsieur le Juge !

– Y a pas à se tromper, Monsieur le Juge !

– Je le jure sur ma propre tête, Monsieur le Juge !

– Ernest ? Un bon à rien ! Depuis tout petit, Monsieur le Juge !

– Célestine ? Une peste, Monsieur le Juge !

– Depuis sa naissance, Monsieur le Juge !

– Il a ça dans le sang, Monsieur le Juge !

– Elle n'en a jamais fait qu'à sa tête, Monsieur le Juge !

En haut, Georges et Lucienne criaient plus fort que tout le monde.

– En prison, Célestiiiiiiiine ! En prison ! Tout de suiiiiiite ! À mort, même ! Tapette à souris ! Allez, couic !

En bas c'était la voix de la Grise qui couvrait toutes les autres.

– À mort, le Grand Méchant Ours ! À moooooooort !

En haut comme en bas l'assemblée criait avec eux.

– Silence ! tonnait le Juge Grizzly, je partage votre avis mais je vous interdis de le formuler ! C'est une cour de justice, nom d'un ours !

– Silence ! hurlait le Président Castor, en cognant de toutes ses forces avec le marteau incassable. Je suis d'accord avec vous mais faut le dire à personne ! La justice est indépendante ! Silence !

Bref, les deux procès se ressemblaient un peu.

***

LE LECTEUR : Vous n'aviez pas d'avocat ?

CÉLESTINE : Si, mais le mien dormait. C'était un panda solitaire et dépressif qui était venu avec sa bouteille. Quand je l'ai réveillé, il a juste dit : « De toute façon vous êtes fichue, ma pauvre petite. Tout ce dont on vous accuse est vrai, n'est-ce pas ? Alors laissez-moi faire ma sieste tranquillement, voulez-vous… » Il a bu un petit coup et il s'est rendormi.

ERNEST : Le mien était réveillé mais sa plaidoirie était si ennuyeuse que c'est le juge qui s'est endormi ! Le juge, ses assesseurs, les jurés, les spectateurs, les uns après les autres. Endormis, tous ! Comme si on leur avait collé un somnifère dans leur petit déjeuner ! Et mon avocat a fini par s'endormir lui aussi. Tellement ennuyeux qu'il est arrivé à s'endormir lui-même, vous vous rendez compte ! J'étais le seul réveillé !

LE LECTEUR : Alors tu en as profité pour t'évader ? Sur la pointe des pieds ?

ERNEST : Non, j'aurais pu, mais j'ai préféré les réveiller, tous autant qu'ils étaient, pour leur dire leurs quatre vérités une bonne fois pour toutes !

LE LECTEUR : Tu as fait ça, Ernest ?

ERNEST : Parfaitement.

LE LECTEUR : Et que leur as-tu dit ?

29
La fin du procès
(Accusés sauvez-nous !)

Eh ! bien, Ernest leur a dit que bon, d'accord, admettons, Célestine et lui avaient fait toutes les bêtises qu'on leur reprochait, mais que ce n'était pas pour ça qu'on le jugeait.

– Ah ! bon ? Et pourquoi vous juge-t-on d'après vous ? a demandé le Président Castor malgré lui.

– Vous me jugez pour une raison que vous ne vous avouez pas à vous-mêmes ! Ce serait d'ailleurs la même chose si j'étais jugé par les ours !

– Qu'est-ce que vous racontez ? demanda le Président Castor. Je ne comprends rien à ce que vous dites ! Et je n'aime pas qu'on me compare à un ours !

– Vous me jugez parce que Célestine et moi sommes les plus grands amis du monde ! Voilà pourquoi vous me jugez ! Un ours et une souris, amis, ça ne se fait pas ! Trahison ! Crime horrible ! Les ours en haut, les souris en bas, c'est comme ça depuis toujours ! Tout le monde vous le dira ! Voilà pourquoi vous me jugez. Vous jugez l'amitié d'Ernest et Célestine !

Tout à coup, Ernest s'adressa aux jurés, tout à fait réveillés à présent, et qui commençaient à trouver le procès intéressant.

– Écoutez-moi bien, les jurés, vous allez me condamner parce qu'on vous a fourré l'histoire du Grand Méchant Ours dans le crâne depuis que vous êtes tout petits. Vous allez me condamner parce que depuis toujours il se trouve une vieille souris stupide, bornée, menteuse, acariâtre, solitaire, peureuse et méchante pour vous faire croire que le Grand Méchant Ours existe pour de bon !

Ici, il se tourna vers la Grise :

– Pas vrai, la Grise ?

La Grise sursauta :

– Quoi ? C'est à moi qu'il ose s'adresser cette espèce de... plantigrade ! Mais faites-le taire, Monsieur le Juge, c'est inadmissible !

« Tiens c'est vrai, au fait, pourquoi je l'écoute moi ? » se demanda soudain le Président Castor. Et il brandit son marteau :

– Ernest, taisez-vous, ou je... !

– Non, qu'il continue ! s'écria une voix nouvelle. Il dit la vérité !

La voix, toute claire, recouvrait le brouhaha de la salle maintenant parfaitement réveillée. Elle appartenait à un souriceau qui avait sauté sur son banc à côté de la Grise.

– Toi, tais-toi ! siffla la Grise au souriceau. Ou gare à toi quand on rentrera à l'orphelinat !

Mais c'était trop tard. Il avait suffi d'un souriceau plus courageux que les autres pour que les langues se délient enfin :

– Mon copain a raison ! s'écria un deuxième souriceau. La Grise nous fait peur tous les soirs avec le Grand Méchant Ours !

– C'est pour votre bien ! protesta la Grise.

– Pas du tout ! C'est qu'elle y croit vraiment, cette folle ! cria un troisième souriceau : « Le Grand Méchant Ours marche sur nos têtes ! » Elle nous répète ça tous les soirs ! Elle y croit, je vous dis ! Elle est complètement dingue !

– Ce n'est pas tout à fait faux, murmura un juré à l'oreille de son voisin, moi aussi je l'ai eue quand j'étais gosse, la Grise, à l'orphelinat. Elle était déjà complètement frappadingue.

– La Grise dit n'importe quoi, reprit le premier souriceau. Les ours sont comme nous, il y en a des méchants, des gentils, des ni méchants ni gentils…

– Elle nous dit que le Grand Méchant Ours nous mangera tous !

– Exact, murmura le juré à l'oreille de son voisin, elle nous donnait même les recettes.

– En sandwichs, en brochettes, en pâté, en barquettes, à la poêle, au four, en papillote, à la marmite, au court-bouillon ! crièrent les souriceaux en chœur.

– Et même toutes crues, avec nos chaussures, nos manteaux et nos sacs à dos ! fit une petite voix terrorisée que personne n'entendit.

– Ernest, franchement, demanda le premier souriceau, as-tu jamais mangé une souris de ta vie ?

– Aucune, répondit Ernest, jamais ! Sur la tête de Célestine ! Les ours ne mangent pas de souris !

– Les ours bouffent n'importe quoi ! hurla la Grise. Les ours sont d'abominables goinfres ! Et si les souris sont au menu, ils avalent les souris comme le reste !

– Rien de changé depuis mon époque, déplora le juré à l'oreille de son voisin. La Grise est toujours aussi givrée !

– Vous direz ce que vous voudrez, répondit le voisin, mais le Grand Méchant Ours existe bel et bien.

– Il existe pour les crétins !

– Qu'est-ce que vous dites ?

– Crétin ! résuma le juré.

Le poing de son voisin s'envola.

– Voyou !

– Crétin !

C'était parti.

Les pour, les contre, les poings, les baffes, la bagarre devint générale.

Le marteau incassable du Président Castor essayait vainement de rétablir l'ordre.

– SILENCE ! SIIIIIIIIILENCE ! silence, bandes de sauvages ! asseyez-vous ! SI-LEN-CEU !

Trop tard.

Le Président Castor frappait maintenant si fort son pupitre que les lampes à pétrole dansaient sur place.

– Silence ! Vous n'êtes pas sur un champ de bataille ! Vous êtes dans un tribunal !

Jusqu'au moment où
ce qui devait arriver
arriva :

Une des deux lampes tomba au pied de l'estrade.

Puis la seconde.

Et l'estrade du tribunal s'embrasa.

– Au feu !

Les assesseurs sautèrent de l'estrade et s'enfuirent aussitôt.

Panique générale. Tout le monde fichait le camp.

Le Président, lui, continuait à donner du marteau.

– Restez à vos places ! Je n'ai pas ordonné qu'on évacue la salle !

Rien à faire. Les tentures flambaient à présent. Les flammes attaquaient les gradins. Elles commençaient à lécher le plafond. Plus question de procès, tout le monde se précipitait vers la sortie. Ça voulait sauver sa peau, ça voulait arriver le premier à la porte, ça vous écartait du chemin, ça se bousculait, ça se marchait dessus, ça s'écrabouillait.

Il ne resta bientôt plus qu'Ernest et le Président Castor dans le tribunal en feu, Ernest, libre de nouveau, et le Président Castor, sur son estrade, prisonnier des flammes, mais qui continuait à donner du marteau :

– Revenez immédiatement, bande de froussards !

***

CÉLESTINE : Et l'incendie s'est propagé au tribunal du dessus !

LE LECTEUR : Non !

CÉLESTINE : Si ! Je tenais aux ours le même discours qu'Ernest, à peu près (« Vous êtes en train de juger l'amitié d'Ernest et Célestine ! »), quand j'ai senti une odeur de brûlé. Avant que j'aie pu comprendre d'où ça venait, le Président Grizzly a pris feu ! Le feu devait couver depuis un moment sous son estrade. Sa grande robe rouge s'est enflammée d'un seul coup. Les assesseurs ont eu si peur qu'ils sont tombés de l'estrade. La salle a poussé un grand cri et tout le monde a fichu le camp en même temps. Au feu ! Au secours ! Sauve qui peut ! Entre parenthèses, des ours qui se précipitent vers la sortie en marchant les uns sur les autres c'est autrement impressionnant que des souris ! À aucun moment le Président Grizzly n'a cherché à s'enfuir, lui. Il se tenait assis bien droit, tout flambant, à regarder la salle se vider. On aurait dit le capitaine d'un bateau en train de sombrer. Un juge grizzly qui brûle, assis dans son tribunal, immobile comme une statue, vous n'imaginez pas comme c'est impressionnant ! Comment le sortir de là ? Comment le sauver ? Le feu se propageait à toute allure… Je ne pouvais tout de même pas le laisser flamber sous mes yeux !

ERNEST : C'est exactement la question que je me suis posée avec le juge Castor. Je ne vais quand même pas le laisser brûler tout vivant ! Il n'a pas bon caractère, d'accord, mais ce n'est pas une raison !

CÉLESTINE : …

ERNEST : …

LE LECTEUR : Et alors ?

ERNEST : Alors on a fini par s'en sortir.

LE LECTEUR : Comment ?

ERNEST : …

CÉLESTINE : …

LE LECTEUR : Ernest, comment avez-vous fait pour vous en sortir ?

ERNEST : Je ne peux pas te le dire.

LE LECTEUR : Pourquoi ?

ERNEST : Je ne me souviens plus.

LE LECTEUR : Tu plaisantes ?

ERNEST : Non, un trou de mémoire.

CÉLESTINE : Et toi, Célestine, qu'as-tu fait avec ton juge ?

CÉLESTINE : …

LE LECTEUR : Hein ? Qu'est-ce que tu as fait, Célestine ?

ERNEST : …

CÉLESTINE : …

LE LECTEUR : Un trou de mémoire, toi aussi ?

CÉLESTINE : Non, je refuse d'en parler, c'est tout.

LE LECTEUR : Pourquoi ?

CÉLESTINE : Parce que.

LE LECTEUR : Ce n'est pas une réponse, ça ! Vous vous moquez de moi, tous les deux ?

ERNEST : Nous moquer du lecteur, nous ? Jamais.

LE LECTEUR : Mais je veux savoir la fin moi ! Je veux la fin ! C'est mon histoire ! Qu'avez-vous fait avec vos deux juges ?

CÉLESTINE : Demande à l'auteur.

ERNEST : Ah ! non, désolé, il ne peut pas demander à l'auteur.

LE LECTEUR : Pourquoi ?

ERNEST : Parce que l'auteur fait la sieste. Ce double procès, ce double incendie, ça l'a complètement épuisé.

LE LECTEUR : Il fait la sieste, il fait la sieste… jusqu'à quelle heure ?

ERNEST : Difficile à dire, avec lui. Ça peut durer.

***

C'est vrai, Ernest et Célestine n'ont jamais raconté à personne la fin de leurs procès. La raison ? Ils se sont comportés de façon héroïque, voilà la raison ! Silence, donc. Ils ne veulent pas avoir l'air de se vanter. Modestes, quoi. Même avec moi, ils n'en parlent jamais.

Évidemment, je peux vous dire ce qui s'est passé. À une condition : ne leur dites pas que je vous l'ai dit.

Bon. Ernest s'en est sorti à la Ernest. Quand il a vu que tout flambait, il a eu envie de se sauver lui aussi, mais il a pris son courage à deux mains, il s'est emparé de l'estrade en flammes, avec le juge Castor assis à son pupitre, il a traversé la salle sans se préoccuper des brandons enflammés qui tombaient autour de lui ni de ses pattes qui commençaient à roussir, il est sorti du tribunal aveuglé par la fumée et les cendres et il s'est jeté dans le canal avec l'estrade en feu, pour éteindre son juge. Ça a fait une vapeur formidable, un bateau métro s'est retourné, le capitaine était furieux, mais quand Ernest refit surface en brandissant le juge Castor à bout de bras tous les spectateurs l'applaudirent ! (Alors qu'ils étaient venus pour le voir se faire couper en deux !)

Quant à Célestine, elle s'est soudain souvenue qu'elle était une souris.

Qu'elle avait des incisives !

Que ses incisives pouvaient tout.

En particulier faire un trou dans la canalisation d'eau qui longeait le mur du fond, deux mètres au-dessus de la tête du juge. Elle s'est jetée sur la grande tenture rouge pourtant en flammes, elle y a grimpé à toute allure, elle a sauté sur le tuyau de cuivre à la seconde où la tenture tombait en cendres, elle y a creusé un trou juste à la verticale du juge, qu'une douche puissante a éteint en quelques secondes.

***

Quand Ernest, remonté sur le quai, a tendu la main au juge Castor pour l'aider à sortir de l'eau, le juge lui a jeté un regard furibond.

– Bon, Ernest, tu viens de me sauver alors que tous ces trouillards m'ont abandonné aux flammes, comment puis-je te remercier ?

Ernest a répondu qu'il n'y avait pas de quoi.

Là, le juge a piqué une vraie crise :

– Bien sûr que si, il y a de quoi ! Tu m'as sauvé la vie, Ernest ! Ça mérite quelque chose, bon sang ! Ne fais pas l'imbécile ! Réfléchis une seconde ! Je te le demande pour la dernière fois : qu'est-ce qui te ferait *vraiment* plaisir ?

– Là, maintenant ? a demandé Ernest.

– Évidemment, maintenant ! Pas dans cent ans !

Alors, Ernest a répondu tranquillement :

– Retrouver Célestine et ne plus jamais la quitter.

Pendant ce temps, Célestine essayait de convaincre le juge Grizzly de quitter le tribunal en flammes.

– Tu as vu ça, Célestine, grondait le juge Grizzly, ils m'ont tous abandonné, mes justiciables !

C'est dur pour le moral un coup pareil. Surtout la veille de ma retraite !

– Je sais, Monsieur le Juge, mais il faut partir maintenant ! Regardez, les premières poutres commencent à tomber ! Le tribunal va s'effondrer sur nous.

Alors le juge s'est levé pesamment :

– D'accord, Célestine, mais c'est pour toi que je le fais. Cache-toi dans mes manches, on y va.

Et, pendant que le juge Grizzly avançait dans la fournaise en protégeant Célestine contre son énorme poitrine :

– Dis-moi, petite, si on s'en sort vivants, qu'est-ce qui te ferait vraiment plaisir ?

– Retrouver Ernest, dit aussitôt Célestine. Et retourner avec lui dans la petite maison bien cachée au fond des bois.

La tribune principale s'effondra juste devant eux.

– Vivre avec un ours, ronchonna le juge Grizzly en traversant le brasier, quelle drôle d'idée !

– Pourquoi, demanda Célestine, vous ne vivez pas avec une ourse, vous ?

– Justement, répondit le juge, une drôle d'idée…

Tous deux sortirent du tribunal à la seconde où il s'effondrait dans une immense gerbe de flammes et d'étincelles.

30

Le dernier chapitre

(Mais les histoires ne finissent jamais, elles continuent en nous.)

Un matin que Marie et Lucien les écureuils rendaient visite à Ernest et Célestine dans la petite maison bien cachée au fond des bois, ils entendirent cette dispute par la fenêtre ouverte :

– Non, Ernest !

– Si, Célestine !

– Je te dis que ce n'est pas possible !

– Et moi, je te dis que si !

– Ernest, enfin, quoi, réfléchis un peu !

– C'est tout réfléchi !

Célestine était assise à une table devant des feuilles blanches. Crayons et pinceaux bien rangés à côté d'elle, elle préparait ses couleurs. Ernest arpentait la pièce à grands pas.

– Et moi, insistait Célestine, je te dis que nous ne pouvons pas raconter notre histoire comme elle s'est passée ! C'est beaucoup trop terrible. Tu te rends compte, tu m'as rencontrée dans une poubelle ! Et tu as voulu me manger !

– Je n'ai jamais voulu te manger, Célestine ! C'était pour rire ! Ou alors j'ai bâillé, je ne me rappelle plus très bien.

– Eh bien ça ne m'a pas fait rire du tout ! En tout cas, je ne dessinerai pas ça.

– Bonjour Marie, bonjour Lucien, dit Ernest aux deux écureuils qui maintenant les écoutaient, assis sur le rebord de la fenêtre ouverte. Et alors, qu'est-ce que tu veux dessiner, Célestine ?

– Rien que nos petits moments de bonheur, Ernest ! Je ne veux pas raconter Georges qui bousille sa maison en me poursuivant avec son balai, je ne veux pas raconter le *Roi du Sucre*, le fourgon de police, *La Dent Dure*, la *Clinique Blanche*, les poursuites, notre arrestation, la prison, les tapettes à souris, le procès, l'incendie, notre héroïsme avec les juges. Je ne veux rien raconter de tout ça ! Ah ! bonjour Lucien, bonjour Marie.

– Bonjour Célestine, répondirent les écureuils.

– Je ne veux raconter que nos moments de bonheur dans la petite maison bien cachée au fond des bois. Et en imaginer plein d'autres, c'est tout.

Ernest s'arrêta de marcher. Il regarda Marie et Lucien et leva les yeux au ciel, ce qui voulait dire : cette Célestine, quand elle a une idée dans la tête…

– D'accord pour les petits moments de bonheur, Célestine, mais il faut bien un début entre nous ! Comment nous sommes-nous rencontrés ?

Célestine réfléchit un moment, puis un sourire l'illumina :

– On dirait… Je sais ! On dirait que je venais de naître ! Et tu m'as trouvée. Imagine ça, Ernest. Je venais tout juste de naître. Une souricette abandonnée. Un bébé minuscule. Tu m'as recueillie et c'est toi qui m'as élevée. Voilà ce qu'il faut raconter !

– D'accord, mais on garde la poubelle. Un bébé souris abandonné dans une poubelle. Dessine ça, dessine-le ! Je ne ferai pas semblant de te manger, je te le jure.

Célestine dessina une minuscule souris qui dormait, recroquevillée sur elle-même. Dès les premiers traits, on voyait bien qu'elle venait de naître. Elle était toute fragile, presque transparente. Elle n'avait pas encore les yeux ouverts.

– Qu'elle est mignonne ! chuchota Marie à l'oreille de Lucien.

– Mais pourquoi, la poubelle, Ernest ? demanda Célestine en dessinant.

– Parce que moi, dans cette histoire, je suis balayeur. Et justement, ce matin-là, je balaye du côté des poubelles. Je balaye les feuilles mortes, tu vois ? On est en automne, je balaye, je balaye, quand tout à coup j'entends un petit bruit dans la poubelle la plus proche, un gémissement…

Célestine, maintenant, dessinait Ernest en balayeur. Un Ernest qui regardait, intrigué, dans la direction d'une poubelle fermée.

Puis, elle dessina Ernest soulevant le couvercle…

– Tu soulèves le couvercle et c'est moi !

– Elle dessine bien, non ? murmura Lucien à l'oreille de Marie.

Voilà. C'est ainsi qu'est né le premier album d'*Ernest et Célestine*.

Il s'intitule *La Naissance de Célestine*.

Il y en eut beaucoup d'autres. Chacun raconte un petit bonheur de la vie d'Ernest et de Célestine. Un de ces minuscules bonheurs qui, quand on les additionne, font l'immense bonheur sans histoire de ceux qui ont choisi de s'aimer : *Ernest est malade*, *Le Sapin de Noël*, *Ernest et Célestine chez le photographe*, *La Chute d'Ernest*, *Ernest et Célestine au cirque*, *La Tasse cassée*, *Un caprice de Célestine*, *Ernest, Célestine et nous*…

Que ce soit dans le monde d'en haut ou dans celui d'en bas, tous les enfants connaissent ces albums, aujourd'hui. Léon, l'ourson grognon, ne peut s'endormir sans son histoire d'*Ernest et Célestine* et chaque soir à l'orphelinat, la Grise lit aux plus petits une histoire d'*Ernest et Célestine*. Je sais, c'est incroyable mais c'est comme ça.

***

LE LECTEUR : Je peux poser une question ?

ERNEST : La dernière, alors !

CÉLESTINE : N'écoute pas Ernest, tu peux poser toutes les questions que tu veux.

LE LECTEUR : Pourquoi ces albums, dessinés et peints par Célestine, ne sont pas signés Célestine ?

CÉLESTINE : …

ERNEST : …

LE LECTEUR : Hein ?

ERNEST : Toi, tu as vraiment le truc pour les questions embarrassantes !

LE LECTEUR : Je ne vois pas ce que cette question a d'embarrassant. Célestine peint des albums que j'adore et je constate qu'ils sont signés d'un autre nom : Gabrielle Vincent. Pourquoi ?

CÉLESTINE : Ce n'est pas embarrassant, c'est compliqué.

ERNEST : …

LE LECTEUR : …

CÉLESTINE : Tu n'as qu'à demander à l'Auteur.

31

Mon amie Gabrielle Vincent

(Il y a toujours une histoire avant l'histoire.)

Cela s'est passé bien avant votre naissance. Un après-midi, en flânant dans une librairie, je suis tombé sur un livre de dessins que tout de suite j'ai adoré. Il s'intitulait *Un jour un chien* et racontait, sans un mot, la journée d'un chien qu'on avait abandonné en le jetant d'une voiture. J'en ai été si ému, les dessins étaient si beaux, que j'ai écrit à son auteur pour la remercier. Elle m'a répondu, je lui ai répondu, et, pendant très longtemps, nous nous sommes écrit. Mais jamais nous ne nous sommes vus. Ni jamais téléphoné. Une amitié épistolaire. Elle s'appelait Monique Martin. Dans nos lettres, je lui racontais mes projets de livres, elle me parlait dessin, peinture, albums. Je lui envoyais des chapitres, elle m'envoyait des croquis. Parmi ses albums, les histoires charmantes d'un ours et d'une souris : Ernest et Célestine. Ces albums-là, qu'elle chérissait particulièrement, elle les signait Gabrielle Vincent. C'étaient les prénoms de ses deux grands-parents. Par un matin d'automne, Ernest, balayeur, trouve dans une poubelle Célestine qui vient de naître. Tous les autres albums racontent la vie quotidienne d'Ernest et Célestine, leurs jeux, leurs rires, leurs disputes, leurs réconciliations, les petits riens de leur bonheur. Chaque soir, ma fille voulait que je lui lise son histoire d'Ernest et Célestine. Avec ma robe de chambre et mes vieux chaussons, j'étais son Ernest et, bien sûr, elle était ma Célestine. Puis les années ont passé, par dizaines. Mon amie Gabrielle Vincent est morte. Je ne l'avais jamais vue, ni entendue. Plus tard, une photo me la révéla. Surprise : elle ressemblait à Célestine ! Et, comme Célestine, elle dessinait de la main gauche. En fait, je crois bien que mon amie Gabrielle Vincent *était* Célestine. C'est sans doute la raison pour laquelle Célestine signe ses albums Gabrielle Vincent. Et c'est pour qu'on se souvienne de mon amie jamais vue, jamais entendue, mon amie d'encre, d'aquarelle et de papier que j'ai, moi, raconté cette histoire.

Table

Daniel Pennac

L'auteur

Daniel Pennacchioni est né en 1944 à Casablanca, au Maroc. Ses études de lettres, à Nice, le mènent à l'enseignement. Les difficultés qu'il a traversées à l'école feront de lui un professeur particulièrement attentif aux élèves en échec. Sous le nom de Pennac, il écrit des romans pour la jeunesse comme *Cabot-Caboche* et *L'Œil du loup*, et la série des *Kamo*. En 1985, il publie *Au bonheur des ogres*, le premier tome de la saga Malaussène, qui rencontre un grand succès. Il la complète en 2017 par un nouvel opus : *Le cas Malaussène, tome I : Ils m'ont menti.*
Son essai *Comme un roman*, best-seller international, se propose de réconcilier les non-lecteurs avec la lecture, et dans *Chagrin d'école* (prix Renaudot 2007), il aborde la question de l'école du point de vue du cancre. C'est en 1995 qu'il arrête d'enseigner pour se consacrer à l'écriture. En 2012, dans *Journal d'un corps*, il raconte le lien quotidien d'un homme avec son corps de l'âge de 13 ans jusqu'à 87 ans. Il est aujourd'hui l'un des auteurs français les plus lus et traduits.
Détenteur de nombreux prix littéraires en France et dans le monde, il est docteur *honoris causa* de l'université de Bologne, en Italie.

Du même auteur chez Gallimard Jeunesse

FOLIO JUNIOR

1- *Kamo. L'idée du siècle*, n° 803

2- *Kamo et moi*, n° 802

3- *Kamo. L'agence Babel*, n° 800

4- *L'évasion de Kamo*, n° 801

BIBLIOTHÈQUE GALLIMARD JEUNESSE

Les Aventures de Kamo (préface de Quentin Blake)

ÉCOUTEZ LIRE

Kamo. L'idée du siècle

Kamo. L'agence Babel

L'Œil du Loup

HORS-SÉRIE

Les Dix Droits du lecteur

(en collaboration avec Gérard Lo Monaco)

HORS-SÉRIE MUSIQUE

L'Œil du Loup

KAMO. L'IDÉE DU SIÈCLE

n° 803

L'idée géniale de Kamo était-elle vraiment l'idée du siècle ? Toujours est-il que M. Margerelle est devenu fou comme une bille de mercure ! Cette fameuse idée ne serait-elle pas plutôt la gaffe du siècle ? La bêtise du siècle ? Que compte faire Kamo pour guérir son Instit' Bien-Aimé ?

KAMO ET MOI

n° 802

Pourquoi Crastaing, notre prof de français, nous fait-il si peur ? Pourquoi terrorise-t-il Pope, mon père, lui-même ? Qu'est-ce que c'est que cette épidémie après son dernier sujet de rédaction ? Un sujet de rédaction peut-il être mortel ? Un sujet de rédaction peut-il massacrer une classe tout entière ? Qui nous sauvera de cette crastaingite aiguë ? Si Kamo n'y arrive pas, nous sommes perdus...

KAMO. L'AGENCE BABEL

n° 800

Kamo, qui a décidé d'apprendre l'anglais en trois mois, correspond avec la mystérieuse Catherine Earnshaw de l'agence Babel. Mais qui se cache donc derrière ce curieux personnage ? Que signifient les lettres étranges que celle-ci lui envoie ? Se moque-t-elle de lui ? Est-elle folle ? Devient-il fou ? Et les autres correspondants de l'agence Babel, qui sont-ils ? Fous, eux aussi ? Tous fous ? Et qui est donc l'étrange vieille qui semble régner sur ce monde mystérieux ? Une énigme palpitante, merveilleusement observée, où le narrateur, le meilleur ami de Kamo, mène l'enquête.

L'ÉVASION DE KAMO

n° 801

Pourquoi la mère de Kamo l'a-t-elle soudain abandonné ? Pourquoi Kamo, qui ne craint rien ni personne, a-t-il tout à coup peur d'une simple bicyclette ? Et d'ailleurs, qui est vraiment Kamo ? D'où vient ce nom étrange ? Qui l'a porté avant lui ? Toutes ces questions semblent n'avoir aucun rapport entre elles. Pourtant, si l'on ne peut y répondre, Kamo mourra…

Découvrez
d’autres histoires inoubliables

dans la collection

LE PETIT PRINCE

Antoine de Saint-Exupéry

n° 100

Le premier soir, je me suis donc endormi sur le sable à mille milles de toute terre habitée. J'étais bien plus isolé qu'un naufragé sur un radeau au milieu de l'océan. Alors, vous imaginez ma surprise, au lever du jour, quand une drôle de petite voix m'a réveillé. Elle disait : « S'il vous plaît... dessine-moi un mouton ! » J'ai bien regardé. Et j'ai vu ce petit bonhomme tout à fait extraordinaire qui me considérait gravement...

TOBIE LOLNESS

I. LA VIE SUSPENDUE

Timothée de Fombelle

n° 1528

Courant parmi les branches, épuisé, les pieds en sang, Tobie fuit, traqué par les siens... Tobie Lolness ne mesure pas plus d'un millimètre et demi. Son peuple habite le grand chêne depuis la nuit des temps. Parce que son père a refusé de livrer le secret d'une invention révolutionnaire, sa famille a été exilée, emprisonnée. Seul Tobie a pu s'échapper. Mais pour combien de temps ?

À LA CROISÉE DES MONDES

I. LES ROYAUMES DU NORD

Philip Pullman

n° 1051

Pourquoi la jeune Lyra, élevée dans l'atmosphère confinée du prestigieux Jordan College, est-elle l'objet de tant d'attentions ? De quelle mystérieuse mission est-elle investie ? Lorsque son meilleur ami disparaît, victime des ravisseurs d'enfants qui opèrent dans le pays, elle se lance sur ses traces... Un périlleux voyage vers le Grand Nord, qui lui révélera ses extraordinaires pouvoirs et la conduira à la frontière d'un autre monde.

SOURIS PÈRE ET FILS

Russell Hoban

n° 1457

Un soir de Noël, deux souriceaux mécaniques, un père et son fils, sont jetés dans une décharge. Ils doivent alors parcourir le monde pour échapper au cruel rat Manny et trouver une famille et une maison. Mais l'existence des automates est fragile, car elle dépend de celui qui les remonte. Énigmes, batailles et étranges rencontres, leur périple est semé d'embûches et plein d'émotion…

Le papier de cet ouvrage est composé de fibres naturelles, renouvelables, recyclables et fabriquées à partir de bois provenant de forêts gérées durablement.

Mise en pages : Didier Gatepaille

Loi n° 49-956 du 16 juillet 1949
sur les publications destinées à la jeunesse
ISBN : 978-2-07-060152-3
Numéro d'édition : 300994
Premier dépôt légal : octobre 2012
Dépôt légal : mars 2017

Imprimé en Espagne par Novoprint (Barcelone)